父亲的城市

一个当代摄影家的家国相册

赵云亭 ◎ 摄影
赵万里 ◎ 著

花山文艺出版社
河北·石家庄

图书在版编目（CIP）数据

父亲的城市：一个当代摄影家的家国相册 / 赵万里，赵云亭著、摄影 . 一石家庄：花山文艺出版社，2021.6
ISBN 978-7-5511-3545-0

Ⅰ . ①父… Ⅱ . ①赵… ②赵… Ⅲ . ①散文集－中国－当代 ②摄影集－中国－现代 Ⅳ . ① I217.1

中国版本图书馆 CIP 数据核字（2020）第 042182 号

书　　名：	**父亲的城市** FUQIN DE CHENGSHI
	——一个当代摄影家的家国相册
摄　　影：	赵云亭
著　　者：	赵万里
责任编辑：	张采鑫　李　鸥
责任校对：	李　鸥
装帧设计：	陈　淼
美术编辑：	胡彤亮
出版发行：	花山文艺出版社（邮政编码：050061）
	（河北省石家庄市友谊北大街 330 号）
销售热线：	0311-88643221
传　　真：	0311-88643234
印　　刷：	河北亿源印刷有限公司
经　　销：	新华书店
开　　本：	700×1000　1/16
印　　张：	23
字　　数：	260 千字
版　　次：	2021 年 6 月第 1 版
	2021 年 6 月第 1 次印刷
书　　号：	ISBN 978-7-5511-3545-0
定　　价：	98.00 元

（版权所有　翻印必究·印装有误　负责调换）

◎摄影者简介

  赵云亭 当代摄影家。1930年生，河北定兴人。1944年参加八路军，1946年加入中国共产党。战争年代里，跟随负伤的战地记者最初学习了摄影；1957年开始发表摄影作品，屡获国内外摄影奖，摄影作品曾在欧美等国家巡展；长期从事摄影教学并应邀为大学开设摄影课，出版摄影画册多部。

◎作者简介

赵万里 当代作家，诗人，编剧。祖籍河北定兴，生于石家庄，现居北京。主要著作有：长篇小说《西柏坡》《天安门》，中篇小说、电影剧本合集《父亲快跑》，散文集《静水流深》，诗集《生命辉煌》，系列童谣绘本《万里童谣》（6册），编剧作品：电视剧《西柏坡》《短兵》《朝阳》等；文学作品多篇入选中学、大学教材和读本，部分作品被译介到海外。

目　录
CONTENTS

父亲的城市（代序）……………………………… 赵万里 001

| 第一辑　平原烽火 |

父亲快跑……………………………………………………… 003

生死战友……………………………………………………… 011

弦歌如诉……………………………………………………… 016

恰战友少年…………………………………………………… 019

革命虫………………………………………………………… 022

岁月深处的回声……………………………………………… 026

| 第二辑　开国之城 |

咱们的晋察冀………………………………………………… 031

开国之城……………………………………………………… 037

春天的记忆…………………………………………………… 043

我的英俊的父亲啊…………………………………………… 048

烽火岁月一支歌……………………………………………… 050

烽烟中走来的女代表…………………………………… 056

第三辑　故土山河

想起老妈妈………………………………………… 063
不远万里…………………………………………… 069
故土山河…………………………………………… 075
血性太行…………………………………………… 080
城南风烟里………………………………………… 085
穿过暗夜的钟声…………………………………… 092

第四辑　和平年代

炸不断的棉纱……………………………………… 099
父母的结婚证……………………………………… 107
天空出彩霞呀……………………………………… 110
时光的动力火车…………………………………… 114
扛着梯子的公交车………………………………… 118
远去的人力车……………………………………… 121

第五辑　艰难时世

倾听劳动者的歌声………………………………… 129
母亲的花样年华…………………………………… 133
为生活着色………………………………………… 138
艰难时世的持守…………………………………… 141
阳阳的那只羊……………………………………… 144

当灾难来临……………………………………………… 147

第六辑　天大地大

姥姥进城……………………………………………… 155
和姥姥一起上学……………………………………… 160
姥姥的火车站………………………………………… 166
姥姥的队伍向太阳…………………………………… 171
天大地大……………………………………………… 175
话语乡村……………………………………………… 178

第七辑　辽阔胸怀

城南旧事……………………………………………… 185
繁体字里的爱情……………………………………… 189
辽阔胸怀……………………………………………… 192
劳动者的桥…………………………………………… 198
万里从军记…………………………………………… 204

第八辑　时代跫音

第三十五个秋天……………………………………… 211
梭子之歌……………………………………………… 219
放春牛………………………………………………… 225
金秋的收获…………………………………………… 230
沉绿湖畔……………………………………………… 240
心灵照相簿…………………………………………… 246

大暴雨 1991 …………………………………………… 257

第九辑　家园景深

两个小八路………………………………………… 265
燕山和尧山………………………………………… 269
天下赵州…………………………………………… 277
一个家族的记忆…………………………………… 282
寻找曲阳石雕……………………………………… 289
半个世纪的生活…………………………………… 297
朝霞映在滹沱河上………………………………… 303

第十辑　美的历程

幸福像花儿一样…………………………………… 311
怀想那些劳动的号子……………………………… 314
故乡的雪…………………………………………… 321
美的历程…………………………………………… 329
父亲的摄影课……………………………………… 337

后记………………………………………………… 352

父亲的城市（代序）

□ 赵万里

我没有想到，在我生命走向正午的时候，我会告别我生长的城市，来到北京。

故乡啊，往往是在远离的时候，才真正诞生。每每回望大平原深处那座我生活了四十余年的城市，就像是回望父亲的身影。父亲的青春、梦想和激情，曾经辉煌过那座城市的天空；父亲的汗水、泪水和血性，曾经滋养过那座城市的文明。那座城市，是父亲的城市。

以往的篇什中，我习惯称之为"大平原深处一座名字还充盈着泥土气息的城市"。是的，那个地方被唤作城市，也就半个多世纪的光景。和许许多多的大城市比起来，它多少显得仓促寒微，甚至还没有自己纯正的口音；有说它是火车拉来的城市，有说它早在两千年前就已经建城，然而在父亲的记忆里，这座城市和他当年转战途中经过的县城没什么区别，除了铁路纵横，只有一座桥，分隔了桥西和桥东。

半个多世纪前的隆隆炮声，至今还鸣响在父亲的记忆深处。父亲十三岁参加八路军，在威名赫赫的吕正操的队伍里，成了一名卫生兵。我曾经在散文《父亲快跑》里讲述了父亲的那段时光，文章经《读者》杂志选载后，当年幸存的老战友通过外孙女辗转联系上了父亲，两位跨世纪的老人借助于电脑视频相见，忆依稀别梦，老泪纵横。

六十多年前的那个秋天，父亲所在的冀中十分区野战医院接受任

务，埋伏在这座城市的外围，等待战斗打响后抢救伤员。父亲当时只有十七岁，抬着担架奔跑在大平原上，炮火掀起泥土和尘烟，子弹像蝗虫追着他的身影。父亲记住了这座城市的名字，朱德总司令曾为它的解放写下诗作《七律·攻克石门》："石门封锁太行山，勇士掀开指顾间……"

　　一年后，当父亲护送部队伤员转院治疗，走进这座城市的时候，这座城市已经拥有了一个新的名字：石家庄。"石家庄，不是庄，名字带着泥土香……"这是很多年后我写下的一首童谣。我想，当初父亲走进这座"名字带着泥土香"的城市，一定感到莫名的亲切吧。父亲从十三岁开始的行军旅途，经过了大平原上多少座村庄？那数不清的村庄的名字，静静地卧在父亲的记忆深处，或许像种子一样正悄悄地拔节、秀穗，迎风而长。

　　父亲临返回部队前，在照相馆里留了影，没想到照片出现在橱窗后，竟在这座城市引起了不小的轰动。叔叔阿姨们常向我说起当时的情形，说人们围在橱窗前纷纷猜测这是哪位想不起名字来的电影明星。后来我才知道，父亲确曾有过这种机缘，他当年在部队就演出过话剧，参加过全军文艺汇演，并因此被八一电影制片厂选中，只是几次商调都没能成行。

　　几年后，父亲脱下军装走进这座城市，成了一名医生。他买来一网兜水果招待大家。那是父亲第一次吃香蕉，洗净后连皮吃掉了，让医护人员们笑出了眼泪。大家这才知道，父亲是小八路出身，他在战争年代发明的双瓶交替输液技术已经被推广应用。

　　这座城市见证了父亲的青涩与懵懂，也分享了父亲的苦乐人生。在纪念这座城市解放六十周年的电视系列报道《六十年，六十人》中，父亲作为这座城市历史的亲历者和见证者，追忆了这座城市的前世今生。那时节，父亲刚刚遭遇车祸住进医院，但当他听说记者要采访，身体还很虚弱的父亲还是答应了。世事沧桑，回首过往的岁月，父亲

父亲的城市（代序）

不禁热泪沾襟。

父亲至今还保留着战争岁月里他和战友们的一张合影，照片摄于1945年的春节，八路军野战医院的官兵们去给乡亲们拜年，碰巧遇到一位走村串街照相的，于是便留下了一张珍贵的合影。那是父亲平生的第一张照片，没想到它竟开启了陪伴父亲一生的志趣：摄影。

照片送达部队后不久，野战医院就住进了一位负伤的战地记者，父亲为他精心换药，他打开随身的军挎包，让父亲见识了一件武器，那是一架从鬼子手里缴获的柯达127型照相机。战地记者指着相机和鬼子血洗村庄的照片说，这就是我的刺刀和手榴弹。父亲被深深地震撼了，那是他平生接受的第一堂摄影课。野战医院的小八路，就这样跟随负伤的战地记者最初学习了摄影。新中国成立后，父亲添置的第一件家当，就是一架照相机。

从上世纪50年代开始，父亲就陆续在全国报刊上发表摄影作品，他用相机记录着那些难忘的历史瞬间，留存下来的历史照片达数千幅，这些作品曾多次入选美国、英国、日本等国际影展，屡获国内外摄影奖，并被收入各种画册和书籍中出版。这些作品见证了那些风雨岁月，见证了这座城市的历史变迁：第一辆公交车运营、第一座展览馆落成、第一座铁路公路地道桥开工、第一颗原子弹爆炸成功庆典……

这座城市可以作证，在那些暗淡的夜晚、苍白的日子和贫瘠的岁月里，童年没有读过书、仅从战争年代部队扫盲班完成了识字启蒙的父亲，凭着怎样的意志，撑起疲惫而倔强的身躯，默默出入补习班和各种夜校，近乎贪婪地吮吸着艺术的甘露。于是，暗淡的夜晚有了光亮，苍白的日子有了色彩，贫瘠的岁月丰盈起来。上世纪60年代初，父亲就取得了业余大学毕业证书。

谛听这座城市建设的脚步，能够清晰地听到父亲脉搏的跳动声。父亲的多才多艺，使他的人生有了更多精彩的段落：父亲担任过河北省展览馆建设工程副总指挥，主持设计建造了华北平原上这座辉煌的

父亲的城市

人民大会堂般雄伟的建筑，并担任了展览馆第一任馆长；父亲担任过这座城市的工艺美术厂技术厂长，设计制作了各种工艺品；父亲曾参与设计布置过省市多种大型专题展览，他的油画、摄影、工艺品也曾展出；父亲还应邀在大学、中学开设了摄影课，他还是这座省会城市第一家婚纱影楼的创办者。

走进这座城市的公园，准能听到父亲的京剧演唱，父亲唱梅派青衣，家中至今还珍藏着他当年的定妆照，台上的父亲扮相秀美，台下的父亲英俊威武。前些年他还担任了老龄京剧艺术研究会的会长。我曾在文章中感叹：我英俊的父亲，让我的青春都平添嫉妒。每每拨通父亲的手机，听筒里总会传来京胡的音韵，父亲又去唱戏了。人生有如戏剧，唯有跌宕起伏，戏剧才精彩。我常常会想起小时候，我坐在剧场里，眼前的大幕开启，板鼓咚咚，京胡悠扬，青衣扮相的父亲款款出场了，我在台下兴奋地喊着爸爸，剧场里响起一片笑声……

我和妻子都与文学结缘。我们每每有新书出版，父亲都会戴上花镜细细地阅读，即便是妻子出版的博士论文，父亲也要坚持读上一遍，一边感叹自己所学有限，已读不大懂了；一边嘱咐我们趁着年轻，千万多学习。前年春天，父亲八十寿辰。我和妻子因为编审教学课件，一时无法脱身。父亲听说了，特意打来电话，叮嘱我们安心工作。我们感慨良多，托妹妹捎去了礼物，并在父亲寿辰到来的前夜，吟了一首藏尾诗，以手机短信的形式发去了我们的祝福："融融春日看祥云，八十春秋忆长亭，戏里人生不羡仙，西皮流水绕庭阁。"

父亲赵云亭，雅号仙阁，还有个小名叫园子。

2012年6月　父亲节前夕

第一辑　平原烽火

那时候照相，使用的还是玻璃底片。玻璃底片洗出来的这张合影照片送到野战医院时，记得是一个前晌，战友们争相传看。每每回忆到此，父亲总是感慨地说，其实这张照片，他当年也就看过这一次……

第一辑　平原烽火

父亲快跑

父亲说，那是他平生跑得最快的一次。

说这话时，父亲已经七十岁了。七十年的光阴是一条河，在他的眼神里一漾一漾的。我知道，他又看见了那束跳跃的阳光，那个在大平原上奔跑的少年……

父亲赵云亭，1930年生，1944年参加八路军……

一

我生逢乱世。九一八事变那年，我刚满周岁，到我记事的时候，正是电影《小兵张嘎》里描写的那段岁月，有歌唱道："一九三七年，小鬼子进了中原……"

我们那个村子叫天宫寺，在河北定兴的东北。鬼子进村了，还在村子里修起了炮楼。乡保长、甲长满村子乱窜，披着鬼子皮的皇协军更是邪乎，横着脖子走路，所以老百姓暗地里称他们"白脖儿"……

那是抗日战争最艰苦的年月，爹妈养活不起我们兄弟五个，把我的一个弟弟送了人。我大哥说不清什么时候离开了家，有了个大号叫赵国祥。留下的哥仨，人人背着个贱名，二哥叫"傻篓子"，我叫"三元"，弟弟叫"年子"。

大哥常常半夜里回家，还带着一个小他一两岁的半大小伙子，我们喊他哥。后来我们才知道，大哥悄悄地干了八路，干了共产党，十九岁就已经是副连长了。那个半大小伙子，是他的通信员。

记得那是鬼子疯狂大"扫荡"的前一年，通信员在一次来家送信时被"白脖儿"盯上了。他们不由分说，就把通信员捆吊在我们家的门框上，狠着劲儿往死里打。那小通讯员只有十七岁的光景，却一点儿都不含糊，他只是骂，只是说自己是过路的庄稼汉……

我眼睁睁地看着他被打得昏死过去……

"白脖儿"打累了，这当间儿，娘给我递了个眼色，朝水缸努了努下巴，我从缸里舀了一舀子水，颤巍巍地送上去，还没走到通信员跟前，狗日的"白脖儿"扬手就是一巴掌，一脚就把我踹翻了，铜舀子丁零当啷响……

二

就在"白脖儿"们折磨小通信员的时候，忽然从村头传来了一阵骚乱声。

我大哥被抓了……

原来大哥是和通信员分头化装侦察，约定来我们家汇合。不知怎么走漏了消息……

通信员也被"白脖儿"架走了。

过了两天，大哥还是没有消息。娘开始坐立不安，无奈之下，她请下了跳大神的，想问问大哥的凶吉。

跳大神的正在当屋里折腾，出去了一整天的爹回来了。他什么也没说，一屁股坐在了炕头上。这时，跳大神的还在絮叨着平安平安，爹忽然变了脸色，一把把她扯出了门外，"咣当"一声关上了门。

爹说，国祥他娘，你得挺住。

娘意识到了什么，惊恐地望着爹：你是说国祥他……

爹点了点头。

大哥是被"白脖儿"活埋的。临刑前，他拖着沉重的镣铐，"哗啦——哗啦——"地穿过村街，路过一家饭铺时，老掌柜的端着一海碗饺子拦下了他：兄弟，吃碗饺子再上路吧……

"白脖儿"的拷打，没有让大哥吐出半个字，可接过这碗饺子，大哥流泪了。他和着泪水吃完了他此生最后一顿饭……

前面是一家布店，大哥站下了，说：给我扯八尺红布来。

鲜亮亮的红布扯来了，大哥抖了抖，披在了身上，他瞅了一眼"白脖儿"，朗朗地笑起来……

沿途的乡亲们都为之落泪了。

坑挖好了。大哥说，太浅了，我堂堂一条汉子，我得站着死。

黄土一锹锹地掀了下去。爹说，他眼睁睁地看着黄土埋到了大哥的胸口，忽然眼前一黑……

那是1941年，大哥十九岁。一起牺牲的，还有十七岁的小通信员。

三

大哥死后，爹怕娘伤心，给我们起大号时，不再按"国"字辈排了。

我们有了自己的大号：瑞亭、云亭、贺亭。

然而，爹自己却禁不住伤痛，当年就去世了。一年后，娘也跟着去了……

我们兄弟三人，转眼就成了孤儿。那一年，二哥十五岁，我十三岁，弟弟九岁。

姥姥开始带着我们哥仨儿走村串户地要饭。

看光景实在难熬，本家亲戚说：看三元这孩子还机灵，不如送他去戏班子学戏吧，还能混口饭吃。

可那时候艺人学戏是打出来的，姥姥舍不得。后来托人介绍，送我到北平的双合盛啤酒公司当了童工。这就是出"五星啤酒"的地方。

我每天要干的，就是不停地往啤酒瓶子上贴标签，一贴就贴十多个小时，顿顿吃的是橡子面饼子，就这，还吃不饱。

这期间，听说家乡"闹八路"动静越来越大，我在北平待不住了，又一猛子扎回了家。

回到家我才知道，这半年，常常有八路大哥悄悄地往家里送吃的用的，有个人称"老李"的二十几岁的小伙子，来得最勤。我们和他也最熟络，有时候，"老李"也让我背着粪筐到村里四处转转，探探鬼子和"白脖儿"的情况。

大哥的惨死，按说应该在我心里投下很重的阴影。可不知怎么了，我就是憋着一股子劲儿要去打鬼子，打"白脖儿"。我对"老李"说，我也要去"闹八路"。

"老李"没言语，半晌才说，"闹八路"可不是闹着玩儿，是要死人的。

我说，大哥不怕。我也不怕。

不久，"老李"把我送到了部队。对首长说，孩子还小，让他当个卫生兵吧。

我哥站着死，我要站着生。

那位"老李"，在我参军后，还来看过我几次，后来就没了音信，再后来，就传来了他牺牲的消息……

那位"老李"，我至今不知道他的名字，算起来，他牺牲那年，也只有二十七岁。

四

想一想"闹八路"的日子，真是很苦。

我到部队的当天夜里，就遭遇了鬼子的突袭，我们掩护着伤员边

第一辑 平原烽火

打边撤，连夜转移到了另一个地方。

那时，我们野战医院几乎每天都要行军，我小小年纪，也学会了走着路打盹儿。兴许是太累的缘故吧，我常常会尿裤子，尿了裤子又没的换，大冬天的冻得硬邦邦，上面还结着一层白霜……

有一次夜行军，我们来到了一个村子。首长让我们原地待命，等后勤人员去老乡那里"号"房子。

我困得实在睁不开眼，歪进路边的柴火垛就睡着了，这一睡就睡到了天明。

醒来时，队伍已不知去向。

就在这时，一个早起拾粪的大爷发现了我，他急着慌着地把我拽到了一边：孩子，你怎么还在这儿啊，这村子里有鬼子。你们队伍昨夜个没住脚就往北去了……

我惊出了一身汗，拔起腿就往北赶，赶了二十多里地，这才远远地瞅见一个村子，村头站岗的，是穿着灰军装的自己人。就像走丢的孩子找到了娘，泪水一下子模糊了我的双眼……等我跌跌撞撞地扑到首长怀里时，首长也哭了，一把搂住我：小鬼呀，你跑到哪儿去了……

1944年夏，我们来到了白洋淀附近。

一开始，部队驻扎在外围，后来鬼子把我们包围了，我们被迫转移到了大淀边的沙窝村。在那里，我们一住就是半年多，那可真称得上是"水深火热"。夏天时，蚊子赶都赶不散；到了冬天，虱子一扫一船板。有时候，咬得实在受不了了，我们就在岸边点起一堆火，烤棉衣，迎着火堆抖两下，就听见"噼噼啪啪"一阵响。

当然，更厉害的还是疥疮，老百姓中流传着一首顺口溜，虽说话糙些，却是真实的写照："疥是一条龙，先在手上行，腰里转三转，裤裆里扎老营。"战友们都生了疥疮，手烂得拿不起筷子，裆烂得叉巴着腿走路，就这样，战友们还风趣地说：这才叫八路军哪！

那半年多，在我的记忆里，我们几乎没有吃过粮食；因为没有食盐，

顿顿吃的是白水煮鱼。现在，每当我看电影《党的女儿》，看到那作为党费的一篮子咸菜，总会想起那段寡淡的日子。

五

不过战地生活中，也有一些难得的快乐。1945年春节，我所在的冀中十分区卫生处一所，驻扎在河北霸县的大魏庄村。当时，我们去给老乡拜年，碰巧遇到一位走村串街照相的，于是便留下了一张珍贵的合影。

这张合影，我至今珍藏着。照片上，那坐在前排左首的就是我，我旁边的战友肖永安也是一个孤儿，比我还小一岁，他的亲人都被鬼子的炮弹炸死了。后来，他也牺牲在了抗美援朝的前线。

后排把边的两位战友，拍完这张照片后，就随野战部队上了前线，

不久，就传来了他们牺牲的消息。

那怀里抱着老乡孩子的，是卫生班班长胡同生，也是我的入党介绍人之一，新中国成立后他曾任山西省卫生厅厅长。他右边，依次是卫生所所长沙国军、护士长王志才、警卫班班长李太保。

这是我平生第一次照相。在镜头前，多少有些拘谨。其实仔细看看，没有谁显得特别高兴，在那样酷烈的日子里，我们的心情和破碎的国土一样沉重……

就在那一年的秋天，传来了鬼子投降的消息。

有一天，首长摸着我的头说，想不想家啊？我说，队伍就是我的家，我哪儿也不去。首长说，那好，明天早点名时，你要站到队列里双数的位置上。我不知是怎么回事，可第二天早点名时，还是往前挤了挤。当我们"一、二、一、二"地报完数后，首长说：数到"二"的同志向前一步走，留在队伍上；数到"一"的同志，响应咱队伍"精兵简政"的号召，回家种地……队伍"嗡"的一声乱了，战友们抱在一起"呜呜"地哭起来，出生入死的好兄弟，难舍难离呀。

不久，队伍上开大会，说咱复员的战友没有回到家，在半路上让国民党的军队截留了。国共合作破裂，解放战争打响了……

六

1946年，我们又来到了白洋淀，住进了大淀深处的王家寨。经过两年风雨的洗礼，我已成熟了许多。《冀中导报》《前线报》多次报道了我精心救护伤员以及在战地简陋的条件下发明双瓶交替输液的事迹。

有一天，护士长胡同生和司药长陈志新把我约到淀里，在一条小船上，我们的女指导员王真已经等在那里了，她是南方人，参加过二万五千里长征。

小船驶进了芦荡深处,指导员忽然很严肃地说:小鬼,我想问你一个问题,你为什么要"闹八路"哇?

为什么要"闹八路"?所有的往事一下子涌上心头,我张张嘴,却"哇"的一声哭起来……

就在那一天,我成了党的人。在芦荡深处的小船上,我握紧拳头宣誓:不当亡国奴,让人人有饭吃,有衣穿,有地种……

这年的秋天,队伍转移到了苏桥镇。一天,我们正为伤员做手术时,遭遇了敌人的突袭。主刀医生一边紧急安排转移伤员,一边对我说:快,小鬼,收拾好器械,快跑。记住,人在,器械在。

我使劲儿点了点头,将一应器械打了包,揣在怀里,撒腿就跑……

这时,敌人已经吵吵嚷嚷地追了上来,见我还是个孩子,喊得更凶了:小兔崽子,你往哪儿跑!再不站住,就开枪了……

我跑着,迟迟没有听见枪响,敌人大概是想捉活的。那一刻,我心里只有一个念头:跑,使劲跑,打不死就跑……

我摔倒了,又一骨碌跃起身,接着跑。就这样,我跑啊,跑啊,跑过了坡地,跑过了树林,跑过了村庄……

父亲的眼神里,阳光一跃一跃的。

父亲说,那是他平生跑得最快的一次。

我静静地听着,眼前又绵延开那秋日里莽莽苍苍的大平原,耳边是呼呼作响的风声和一个十六岁少年浊重的呼吸,我知道,父亲跑向的,是他生命中最向往的地方……

2001年6月

第一辑 平原烽火

生死战友

队伍又出发了,在暮色将临的大平原上。八路赵平原的个头儿悄悄地长了一截,垫在青布鞋里的干草不知不觉已经走丢了,脚后头虽说还空荡,感觉却渐渐地合脚了,走路也越来越像大哥了。

夜色渐渐地褪去了。黎明时分,队伍走进了一片林子。林子是杂树林,杂树长得乱,草还挺深,队伍的行进速度明显慢了,抬着担架的园子被替换下来。他拧了拧疲乏的身子,身后忽地闪过一片花色,园子以为是一只大鸟,停住脚仔细瞅了瞅,却惊了一愣怔:队伍后头,不知啥时候跟上了一个穿着豆花袄的村姑……

我在中篇小说《父亲快跑》里,写到了野战医院的一次夜行军。父亲的小名叫园子,父亲参军后,我在小说里给他取了个大号:赵平原。小说中的所有人物,都是以父亲和他的生死战友为原型,很多故事情节,甚至生活细节,都是真实的。

小说中写到的这次夜行军,天亮后园子发觉队伍后头竟然跟上了一个村姑,也是真实发生的故事。村姑叫董秀姑,说什么也要参加八路打鬼子。董秀姑的原型,就是野战医院的护士王秀云。父亲参军时只有十三岁,他的灰布军装过于肥大,裤子也秃噜到脚面上,脚上一双青布鞋,脚后还空了半截子。老炊事员曲大叔用剪子在鞋面儿的两边儿扎了洞眼,再穿上布带子,青布鞋转眼成了系带鞋。父亲在鞋里垫上一把干草,紧紧绑鞋的布带子,就跟着队伍行军了。秀云大姐看在眼里,趁着队伍歇脚,忙掏出针线包,给父亲的青布鞋缀了"鞋鼻子"。那时候,野战医院几乎每天都要行军,野外宿营还不能脱衣服,

第一辑　平原烽火

兴许是太累的缘故吧，父亲常常会尿裤子，尿了裤子又没的换，大冬天的冻得硬邦邦的，上面还结着一层白霜。秀云大姐心疼不已，从此每晚喊我父亲起夜……

还有些来不及写进书中的故事情节：老炊事员曲大叔，是和儿子小曲一起参军来到部队的。小曲和孤儿拴子同是警卫排的战士，一起训练，一起站岗，形影不离。拴子有次擦枪时意外走火，击中小曲，悲痛的曲大叔和拴子从此父子相认，生死相依。

小说中徐首长的原型，就是父亲的老首长、冀中军区第十军分区卫生处处长徐选和伯伯（上图中排左二），徐伯伯也是我少年时代里接触到的第一位传奇英雄。他十二岁投奔红军，十六岁随红二十五军参加二万五千里长征，在抗战史上著名的五一反"扫荡"战斗中荣立一等功，在革命战争中先后十三次负伤，身上留有多处弹片。我至今还记得他爽朗地笑着，说要表演魔术，让我找块吸铁石来，说吸铁石一旦吸到他的后脑和肩胛，就再也掉不下来了。我由此才知道，那时候炮弹壳和子弹头不是用铜而是用铁做的，只不过表面镀铜而已。

父亲所在的部队野战医院，即冀中军区第十军分区卫生所，时任政治指导员的王真，竟是位参加过二万五千里长征的红军女战士，风尘仆仆转战了大半个中国。在父亲的记忆里，她就像电影《南征北战》里张瑞芳饰演的女游击队长一样沉稳干练。第二任政治指导员屈学成（上图后排左二），为人热诚正直，转业后也来到了这座开国之城。两任卫生所所长：沙国军（上图后排左一）和梁立柱（下图后排右二），一个内科手术独挑大梁，一个外科手术有口皆碑。大约我六七岁时，梁立柱调任这座城市的铁路医院院长，父亲不禁喜出望外。我们两家人一起，在长安公园里拍摄了一张合影。

梁伯伯在这座小城工作没多久，就调到北京，任铁道部铁路总医院院长。我在小说《父亲快跑》中，曾写到为战地伤员做手术的主刀医生，只是遗憾全书故事已近尾声：

父亲的城市

又是秋天了。这年秋天,队伍转移到了文安县苏桥镇。这天清早,主刀的梁医生和护士长正准备给重伤员做手术,园子和腊月已经铺开了手术器械,就听见村子里隐隐地有枪声传来,西厢房里所有的人都怔住了。

园子刚喊了一声:"梁医生,怎么办?"就听见炮弹呼啸着,"轰"的一声落在了村中,老屋震动了一下,尘土纷纷震落下来。梁医生俯身护住了伤员,他大喊一声,下达了命令:"停止手术,转移伤员!"

就在这时,堂屋的屋门"哐"的一声被撞开了,一个战

第一辑 平原烽火

士还来不及跑进西厢房报告敌情,就见火光中一声巨响,一发炮弹落在了院子里,战士顺着门框倒下了。

枪声爆豆般响起,野战医院警卫排已经和敌人交火了。护士长和梁医生迅速架起伤员,园子和腊月也冲上来,梁医生冲园子喊道:"快,小鬼,收拾好器械,快跑!"

园子弯腰就要背伤员:"我不,我背着伤员跑!"

护士长急了:"赵平原,服从命令!伤员可以就地隐蔽。"

园子站起身:"那好,我去把敌人引开!"

梁医生也急了:"小鬼,我要你活着!保住医疗器械!记住,人在,器械在!"

"是!人在,器械在!"

园子使劲儿喊了一声,将一应器械打了包,揣在怀里夺门而出……

小说《父亲快跑》采用了第一人称和第三人称交替叙事。最早关注过这部中篇的儿童文学博士、著名童书编辑及推广人李虹,闻悉抗日战争暨世界反法西斯战争胜利七十周年之际,海南出版社新书《父亲快跑》同名散文、中篇小说、电影剧本合集即将付梓,写来了饱含深情的推荐语:"少年园子一次次的奋力狂奔,常常让我想起那个在生命旅途中不断奔跑的阿甘,只不过在园子浊重的呼吸里,充塞着硝烟味儿与血腥味儿,夹杂着青纱帐和红高粱的清香。多年之后,作者不断书写着父亲的故事,隔着七十余年的沧桑,回望父亲飞奔在平原烽火中的身影……我深深感受到作者对家乡的眷恋与挚爱,这片土地的一草一木都是他内心的珍藏。惟其如此,他才能以如此真切而饱含深情的文字,把父辈的故事,把一个抗日小英雄的成长史写得血肉丰满、荡气回肠。"

弦歌如诉

父亲离开部队后，时常忆起军中岁月，想念一起出生入死的战友。父亲说，每当这时候，他就会想起大鼓三弦来……

大鼓三弦，在冀中平原家喻户晓。父亲当年所在部队，主要活动在海河流域的大清河两岸。父亲当年转战行军的队伍里，就有一位背着大鼓三弦的战友，队伍歇脚他便弹起三弦，清唱一段西河大鼓。

西河大鼓，就起源于冀中乡野，起初的名字叫"梅花调"。上年纪的人说起梅花调，开口就是大清朝二百六十八年，安新、高阳、雄县、新城……大清河流过的每个地方，村村皆闻鼓板之声。清末，冀中平原发大水，梅花调艺人流落到水陆码头天津卫，竟在海河边上唱红

第一辑　平原烽火

了，并且走进了曲艺书场。因天津当地原有一种鼓书叫"梅花大鼓"，听名字和梅花调不易区分。而梅花调来自大清河流域，天津人习惯称大清河为西河，便为梅花调定名为西河大鼓。大清河流经八百里平原，平原上的每一座村庄，村庄里不论男女老少，一听到西河大鼓的鼓板声，身子咕咚就醉了。身体里的河水哗啦啦地就随着鼓板的节奏走，随着那曲调、唱腔和鼓书词儿，哗啦啦地流泪，哗啦啦地笑。

烽火岁月里的大鼓三弦，给战地生活增添了欢乐。常常是队伍出发了，沿着大清河边走出老远，父亲心里还在琢磨着三弦的曲调，跟着西河大鼓的鼓书词儿悄声哼唱，一不留神，就连人带背包滑跌下斜岸，战友们七手八脚地搀扶起来，还不忘打趣：都是弦子哥，看把人都带沟里去了。"弦子"是三弦的别称，"弦子哥"的雅号就这样亲亲热热、自自然然地叫响了。时隔多年，父亲的首长战友们相聚，还会兴奋地说起这段趣事。只是弦子哥的真名字，反倒被记忆封存起来了，怎么想也想不起来了。

也许正因为此，我在中篇小说《父亲快跑》里写了父亲的一个战友李二牛。二牛这大号，还是到了咱队伍上取的，爹娘生下他，怕不好养活，就当个闺女待，取名二妞。二妞，也算我埋下的一个伏笔吧，暗示李二牛的原型，其实是两个模样俊朗清秀的战友，一是弦子哥，一是泉子哥。

父亲说，弦子哥后来调到了兄弟部队，刚好队伍上又新来了泉子哥。泉子哥是一名解放战士。关于这段历史，我曾在小说中做过铺垫：鬼子投降后，有批复员的战友没有回到家，在半路上让国民党的军队截留了。国共合作破裂，解放战争打响了……

后来父亲才知道，截留李二牛和复员战友们的这支国民党军队，正是沿平汉铁路向北集结的国民党新八军高树勋部。很快这支队伍，就被八路军晋冀鲁豫野战军刘伯承部围困在漳河北岸。1945年10月24日，国共两军队于邯郸激战，高树勋率部战场起义，成为自日本投降

父亲的城市

后国民党部队投向共产党的第一次重大倒戈，震惊中外。

历史的安排，就这样充满戏剧性，前后不到一个月，李二牛又回到了自己的队伍里。

风烟漫漫，弦歌如诉。父亲说，泉子哥是苦出身，曾被鬼子抓去挖壕沟修工事，逃跑路上又被国民党的军队抓了壮丁，前后不到一个月就被我军俘虏，加入了我军阵营，成为一名解放战士。首长和战友们敞开怀抱，泉子哥融入了温暖的大家庭，又恢复了活泼开朗的天性，和弦子哥一样爱笑爱唱，给战地医院带来很多欢乐。

父亲离开部队后，有次回定兴探亲，听说有战友转业到了高碑店新城，专程前往探望，战友说到泉子哥的处境，欲言又止。在父亲的一再追问下，才得知，原来是泉子哥曾被国民党军队抓壮丁后被我军俘虏那一段，给他后来的工作和生活带来不少磨折。父亲辞别战友后，心情沉重地走上街头，没想到迎面就碰见了泉子哥，目光相对的一刹那，泉子哥竟像个孩子似的哭了，他蹲在街边声音哽咽着，半晌说不出话来……

说到这里，父亲的声音也哽咽了，那些人，那些事，如大清河边的弦歌，载着欢欣，也载着痛楚，不时地在心头回响……

第一辑 平原烽火

恰战友少年

鬼子投降那年，首长和我的父亲谈话，问他想不想家。父亲怔了怔，抬起头说："队伍就是我的家，我哪儿也不去。"新中国成立那年，父亲十九岁，首长又和年轻的战友们谈话，问他们想不想回到地方参加和平建设。父亲还是那句话："队伍就是我的家，我哪儿也不去。"

父亲的城市

我曾在中篇小说《父亲快跑》里叙述过父亲的成长史,父亲的大哥赵国祥十九岁时就已是闻名大清河两岸的八路军副连长了,大哥在一次化装侦察时意外被捕,当着全村男女老少的面,被鬼子和汉奸活埋在村头的乱葬岗子上。父亲星夜投奔了八路军,那年他只有十三岁。父亲十六岁那年,在战地医院简陋的条件下发明了双瓶交替输液技术,并得以在全军区推广应用;在敌人围困的白洋淀芦苇荡的小船上,父亲握拳宣誓加入了共产党……

战士自有战士的情怀,父亲和战友都是少小离家,忧国不顾其身。若干年后,我的妻子看到父亲和战友的合影时感慨不已,很难想象那个时代的年轻军人,在经历了战火纷飞和血雨腥风之后,眼神依然那么清澈、温柔、纯净。父亲的战友侯金庸,后来在唐山大地震中遇难,每每念及此,父亲都黯然神伤。

父亲第一次走进北京,是1951年冬天。他走进中国照相馆,抓起书报架上刚出刊的《解放军文艺》便读起来,该照相了,摄影师催促他放下杂志,父亲索性对摄影师说,就这样拍照吧,这本杂志,我们部队要半个月后才能看到。那年的6月,《解放军文艺》刚刚创刊,朱德总司令题写了刊名。父亲说，至今他还记得电影《打击侵略者》就是根据杂志主编宋之的创作的话剧《保卫和平》改编的。

1952年，父亲二十二岁，进入华北军区第一文化补习学校学习，学校设在高阳县，课余时间，父亲留下了这张照片。

几年后，当父亲再次进京时，赫然发现中国照相馆的橱窗里展放着父亲捧读《解放军文艺》的那张放大的照片，后来照相馆的摄影师将这幅照片送给我的父亲留念。照片的原片是黑白的，绒面相纸，是父亲后来手工着色，使布景上的梅花也一朵朵生动起来，鲜艳如昨，呼之欲出。

那时候，野战部队常年行军，父亲转业前，部队又移师驻扎在保定。时值1955年，父亲和战友们一起走进保定的美章照相馆。恰战友少年，意气风发，似乎冷不丁有战友在叫他，父亲不经意间的回眸，他望向何处呢？父亲就这样静静地望着望着，眼神里渐渐漾出了笑意……

父亲的城市

革 命 虫

白了头发的时候,我父亲还记得他在白洋淀一条小船上的情景。那条船,他住了有半年多,从酷暑住到了寒冬……

岸上的枪声零零落落,父亲说,就像他用指甲盖儿,嘎巴嘎巴挤虱子的响声。虱子也被他挤怕了,滚着蛋蛋儿跑,在船板上一铺就是一层。

第一辑　平原烽火

都说虱子多了不咬。可父亲说，没那个。有时候，咬得实在受不了了，我们就在大淀深处的苇子坑里，点起一堆火，烤棉衣，迎着火堆抖两下，就听见"劈劈啪啪"一阵响。

虱子和咱八路都有感情了。父亲感慨着：那时候，我们都叫它"革命虫"。

我想起二十年前，我在黄土高原上当兵时，冬季野营曾驻扎进大山褶皱里的一个山村。村里人惶惶地问我们：鬼子打跑了没有？

那是山里第二次过兵了。头一拨儿经过这里的，是和我父亲一样扎着灰绑腿、穿着灰军装的后生们。山里的日子不长腿。我们就在这年深日久的记忆里驻扎下来。看看老乡家的顶棚，糊的竟还是1945年的旧报纸。房东说，这炕上就睡过八路的一个班呢，每天挑水，扫院子，还糊了这顶棚……

我第一次见识了土炕，而且是八路睡过的土炕。睡到后半夜，我醒了，感觉是热醒的，浑身燥辣辣的，坐起身，背上好像还有汗珠在滚。天明时，老兵神秘兮兮地问，昨晚儿没有发现敌情？哈，中埋伏了吧，每铺炕上都有虱子、臭虫呢。学着点吧，再睡觉时得脱光了，把衣裳卷起来，吊在梁上。这是咱野营时的老传统了。老兵一副得意的样子。

那一阵儿，我添了毛病，站没了站相，坐没了坐相，时不时地耸肩，扭胯，就像墙角里那只蹭痒的猫。正当尴尬之际，又冷不丁听见房东训斥他那灰头土脸的鼻涕娃：瞅你那脏样儿，快成了八路军了……

这么多年了，这句话，我始终没有跟父亲提起过，我不忍。

我以为，关于革命虫的体验，在我离开小山村的时候，就被永远地留在了那盘土炕上。然而，我没有料到，它竟伴随着上世纪80年代的那个早春，在我的记忆里复活了。

那时我已在一所大学工作，似乎一夜之间，交谊舞就在校园里嘭嚓嚓起来，连最刻板的学究夫子们也动了雅兴，仿佛又回到了旧日时光。反倒是我们这些才出校门不久的年轻人，一时不知所措起来。交谊舞，

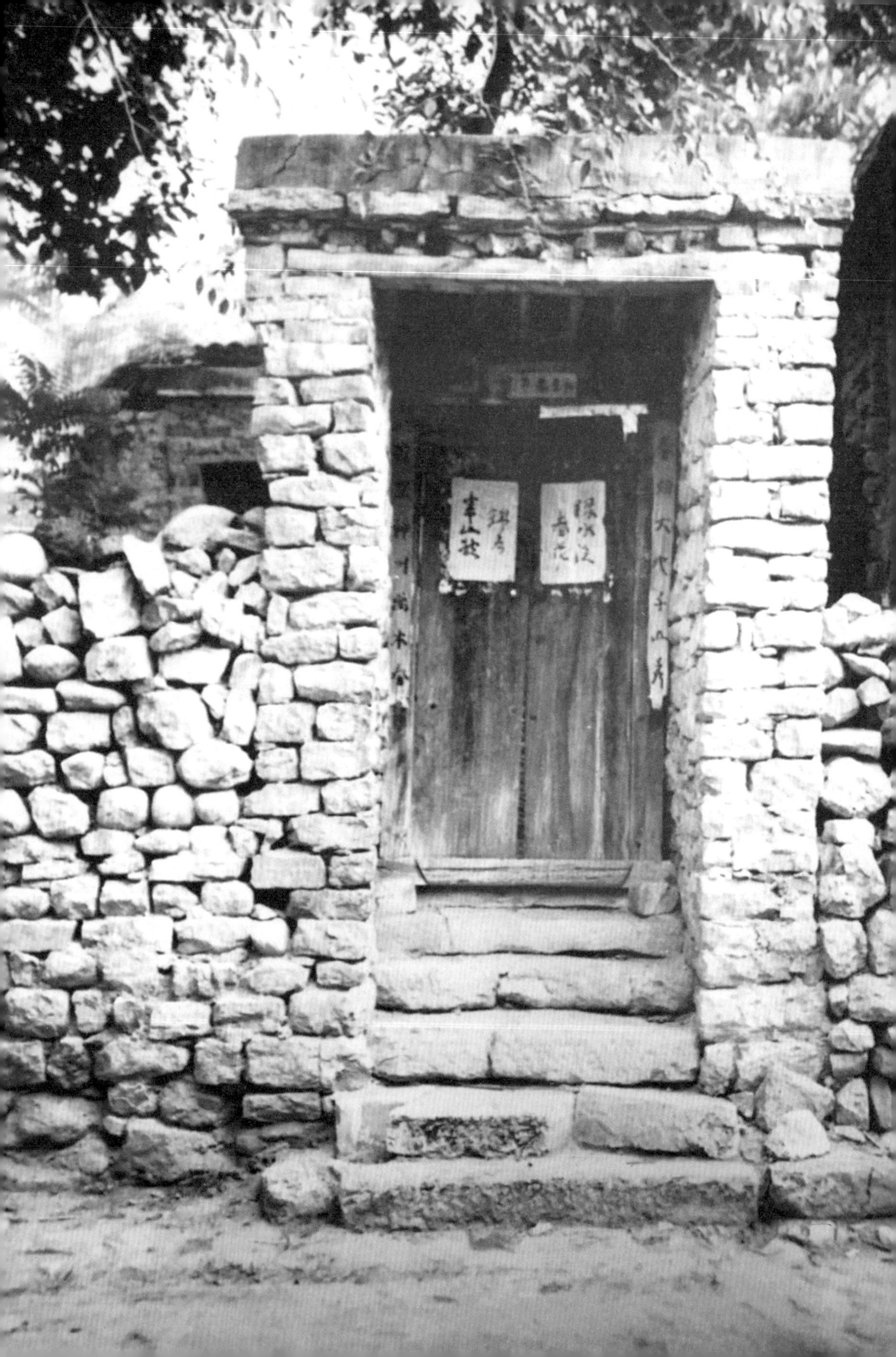

记忆里残留的所有印象，就来自于有限的几部黑白电影，那惊鸿一瞥的片断场景，往往又是和妖冶的女特务、英俊的地下党联在一起的。

交谊舞，这个带有禁忌色彩的字眼，一旦被身体力行，也就有了超越时空的魔力。我们有了专门的舞蹈教师，有了固定的训练时间。年轻的、甚或不再年轻的脚步，磕磕绊绊地踩着节奏，就在这嘭嚓嚓中，一种神圣感也油然而生。嘭嚓嚓，嘭嚓嚓，时代是从舞蹈开始的，秧歌舞、忠字舞、交谊舞，舞蹈总是与某个宏大的主题有关。

我们的身体由僵硬渐渐恢复了弹性。

挺胸，收腹，揽腰，托腕……异性之间的身体接触，竟也变得不那么吓人了，这种不乏暧昧意味的身体语言，在那个时代得到了空前的净化。终于有一天，我们和迪斯科相遇了。

舞蹈教师说，这是最自由、最解放的舞蹈。

自由，解放，那是什么样的感觉呢？我们早已习惯了有章法的日子，亦步亦趋地生活……

舞蹈教师耐心点拨：想想虱子上身的感觉吧……

蓦地，我的脑海里闪过了父亲的白洋淀，闪过了小山村里的那盘土炕。耸肩，扭胯，蹭痒痒，我不由自主地迪斯科起来。

对，就是这感觉。舞蹈教师兴奋了。

耸肩，扭胯，蹭痒痒；耸肩，扭胯，蹭痒痒……伴随着热带风情的音乐，那一刻，我成了阳光下快乐的懒猫。

哦，革命虫，你又赶上了一场新的革命……

2001 年 12 月

父亲的城市

岁月深处的回声

回溯历史，也是需要勇气的，因为历史的严肃，因为历史的真实。我想起一部经典的海外电影《时光倒流七十年》，主人公通过梦境回到时光倒流的七十年前，从而发现了一段未了的情缘；而我要讲述的父亲的摄影情缘，也要穿越七十年的漫长岁月。此刻，回望血雨腥风的大平原深处，几个相约去给老乡拜年的八路，驻足在一处斑驳的柴门前……

父亲的这张照片，是1949年刚解放时，在北京大北照相馆拍摄的，原为黑白照片，在以后的日子里，父亲采用黑白照片的手工着色技艺，使其还原为彩色，并且在照片右下角留下了签名。将照片翻转，从背面看，自下往上是"赵云亭"三个字。这是当年颇为流行的一种签名字体，我读小学时，曾和同学们一起模仿过，学着练自己的签名，可惜不大容易。

但这张照片，并不是父亲的第一张照片。

第一辑　平原烽火

我曾以口述历史的形式，在散文《父亲快跑》里，记述了十三岁就参加八路军的父亲和他的生死战友们平生留下的第一张合影：

> 那时候照相，使用的还是玻璃底片。玻璃底片洗出来的这张合影照片送到野战医院时，记得是一个前晌，战友们争相传看。每每回忆到此，父亲总是感慨地说，其实这张照片，他当年也就看过这一次……

这年秋天，传来了鬼子投降的消息。

说话二十年过去了，父亲以为这张珍贵的战友合影照片，连同那易碎的玻璃底片，早已被岁月的河水冲淡甚或淹没了。二十年的光阴哪，当年的小八路已过而立之年，并且深深地迷上了摄影，早早晚晚他常徘徊在街头，从各个角度拍摄这座城市的身影，他的摄影作品也时常出现在报纸杂志上。然而，父亲没有想到，有一天，两个戴着红袖标的陌生的外调人员，忽然出现在父亲的单位里，说是革命小将们"抄家"抄到了一张历史照片，让父亲仔细辨认并回忆照片上一位老首长的历史问题，看着熟悉的老首长和老战友们的面庞，父亲呆怔了半晌，泪水一下子模糊了视线，他借口去拿放大镜好仔细辨认，走进早已被

他改造成暗房的储物间，迅速打开相机，翻拍了下来……

多年以后，父亲感慨地说，当时的情形就和如今的谍战剧里"地下党"翻拍绝密文件一样，心里那个紧张啊，手指都有些不听使唤，外调人员就在几步之遥，谈话声都能听见。

这张珍贵的历史照片终于得以保存下来，而转眼之间，那场轰轰烈烈的浩劫之火便席天卷地而来，燃遍四野。经历过那个年代的人们都清楚，擅自翻拍并私藏一张有"历史问题"的照片一旦被发现，将会是什么性质的问题。我的父亲也不例外，他果真就像"地下党"那样，默默持守，将这张绝版历史照片封藏了几十年，以至于我们兄妹上学、参军、工作了几十年，竟压根不知道父亲当年还有这样一张合影，直到上世纪90年代，这张珍贵的历史照片才得以重见天日。

我第一次看到这张照片时，感慨之余也在想，战火硝烟中走来的父亲，为什么会深深地爱上摄影呢？就因为当年这张战友合影吗？父亲讲述了这张照片背后的故事。时光倒流七十年，那血雨腥风的大平原深处，柴门掩映的战地医院里，相机快门"咔嚓"一声闪动，父亲的心田竟落进了一颗火种……正如我在本书代序《父亲的城市》中所言：

> 那是父亲平生的第一张照片，没想到它竟开启了陪伴父亲一生的志趣：摄影。
>
> 照片送达部队后不久，野战医院就住进了一位负伤的战地记者，父亲为他精心换药，他打开随身的军挎包，让父亲见识了一件武器，那是一架从鬼子手里缴获的柯达127型相机。战地记者指着相机和鬼子血洗村庄的照片说，这就是我的刺刀和手榴弹。父亲被深深地震撼了，那是他平生接受的第一堂摄影课。野战医院的小八路，就这样跟随负伤的战地记者最初学习了摄影。新中国成立后，父亲添置的第一件家当，就是一架照相机……

第二辑　开国之城

　　同乐街，往日的闹市区，梧桐树上的匣子里，欢快地唱着秧歌曲。

　　解放后的石家庄，敌机轰炸后的废墟正在清理，街道两旁，涂有"固若金汤"字样的砖墙上，已经贴上了解放大军的安民告示……

第二辑 开国之城

咱们的晋察冀

少年时代,说起咱们的晋察冀,想到的是嘎子奶奶牺牲的村子鬼不灵,李向阳进城穿过的那片高粱地,还有高家庄民兵和八路军主力围歼鬼子的大平原……晋察冀真大呀,每每想起这些,少年的心都感到特别骄傲和欢喜。

少年的想象,很多年后一点点凝聚在我的笔下,成了小说《父亲快跑》里哗啦啦流淌的大清河,成了小说《西柏坡》里随风飘过来的山歌小曲:

白马白鬃哎,白银那个蹄,
俺哥哥今夜离了晋察冀。

哥哥你打游击哎,妹妹我种田地,
打走了日本鬼子咱再相聚……

浪漫的想象总归要落到实处,仿佛是要夯实我少年美好的记忆,2006年春,我接受中央电视台的任务,和摄制组一起来到阜平县城南庄,拍摄爱国主义教育示范基地晋察冀军区司令部旧址的纪录片。每天凌晨即起,朝拍晨曦,暮拍晚霞,渐渐地熟悉了这个地处晋冀两省交界,

北依太行山,南临胭脂河,山水环抱的村落。

半个多世纪前的1937年,日军攻入南京城,开始长达六个星期的"南京大屠杀",民族危亡的生死关头,八路军奋勇挺进华北抗日前线,穿越崇山峻岭来到这里。"红日照遍了东方,自由之神在纵情歌唱!看吧!千山万壑,铜壁铁墙!抗日的烽火,燃烧在太行山上!"激昂的歌声,唱出了太行山儿女的斗志和决心。这支英雄的队伍,在聂荣臻和彭真等同志领导下,根据毛泽东"像下围棋'做眼'一样,在敌后发展游击战争"的指示,创建了我军第一个敌后抗日根据地,这就是咱们的晋察冀抗日根据地。

第二辑 开国之城

　　我从父亲翻拍的历史照片中，看到了聂荣臻当年的英姿。父亲说，他很喜欢聂司令员在山路上骑马行军的照片。他最初看到这张照片时，照片左侧还有些驻足的行人，父亲翻拍后，大胆地对画面进行了剪裁，更好地突出了画面的主体。

父亲的城市

聂荣臻在晋察冀军区司令部门前的照片，是美国记者 1946 年 4 月拍摄而后刊登在《生活》杂志上的组照之一。父亲虽没有看到那期杂志，但偶然看到这张照片并在翻拍之后，却习惯性地在照片背面记下了"美国记者摄于 1946 年 4 月，《生活》杂志刊用"字样。幸好有父亲这几个字的记载，使我了解到这张照片其实是摄于张家口市桥东区晋察冀军区司令部旧址。晋察冀军区司令部于 1945 年 8 月 27 日从阜平迁至张家口，1946 年 10 月 10 日，晋察冀军区司令部迁驻城南庄。在这里，聂荣臻主持召开了土改、财经、军政等一系列会议，为华北解放军转入战略进攻做了多方面的准备。

晋察冀抗日根据地，在全国树立了坚持敌后抗战的旗帜，并且在这里成立了晋察冀边区政府。晋察冀边区所创立的崭新的民主制度和完善的建制，为新中国的建设积累了十分宝贵的经验，被毛泽东誉为"模范抗日根据地"。陈毅老总曾赋诗一首，书赠聂荣臻："十年驻马胭脂河，反顽惩蒋除万恶，我来共话艰难史，人民事业壮北岳。"晋察冀抗日根据地的发展壮大，为解放战争时期党中央、毛泽东来到晋察冀、移驻西柏坡，创造了必要的条件。

在我正在创作的长篇小说《朝阳门》中，有一章写到了解放初期某工厂的工会选举，借鉴了上世纪 40 年代解放区的"豆选法"，并且引用了一首解放区的童谣："金豆豆，银豆豆，豆豆不能随便投。选好人，办好事，投在好人碗里头。"

妻子读到这一章节感觉

第二辑　开国之城

很新鲜，但也不无忧虑地问：今天的年轻读者，会不会感觉隔膜？我却觉得，豆选是当年抗日民主根据地的一种普遍的选举形式，旧事重提，是为了让人们记住历史。一粒粒再寻常不过的豆豆，就是我们中国的基层民主。

著名艺术教育家、版画家彦涵创作于 1948 年的版画《豆选》，就生动形象地介绍了解放区的民主选举"豆选"的盛况。而我第一次看到豆选的场景，却是在阜平县城南庄晋察冀边区纪念馆的展厅里。

1947 年 4 月到 7 月，晋察冀军区野战部队连续发起正太、青沧、保北战役，使晋察冀与晋冀鲁豫两大战略区连成了一片。一年后，毛泽东率中央机关由陕北东渡黄河，踏着初春的残雪，来到城南庄，进驻晋察冀军区司令部，在这里工作居住了三十五天。当年，毛泽东正是通过一部手摇电话，得知了西北野战军收复延安的消息，兴奋地称赞这是伟大胜利。

　　春栽那个杨柳哎夏栽桑，正月里松树好时光，
　　山洼洼走出咱平山团哪，抗日杀敌呀保家乡。

　　头伏那个荞麦哎二伏菜，三伏里有雨多种麦，
　　吱呀呀柴门哪忙打开哎，革命的队伍陕北来。

春末夏初，正是花开遍野，绿草如茵的季节。村中的小屋里，油灯下，毛泽东伏案起草了《纪念五一国际劳动节口号》。

院中的老槐树也许还记得，八十年前的那个清晨，由于国民党潜伏特务活动，三架敌机轰炸了城南庄和这座小院。梁柱上的累累弹痕，诉说着曾经的风雨沧桑。当年敌机投下的，竟然是一枚哑弹。面对敌情，毛泽东镇定从容，风趣地说：敌机也没有什么了不起，无非是投下一点钢铁，正好可以打一把锄头开荒种地。

父亲的城市

1948年5月26日,毛泽东离开阜平城南庄,到达平山西柏坡,走进了解放战争最后的一个农村指挥所。

半个多世纪过去了,如今,晋察冀军区司令部旧址前,已是花草蓊郁,一片春色。新落成的晋察冀边区纪念馆,与晋察冀军区司令部旧址前后呼应,仿佛连接历史与现实的时间隧道,留给我们深深的思索……

开国之城

枪炮隆隆,
解放大军进了城,
捉刘英,
捉刘英,
大石桥下喊杀声……

父亲的城市

同乐街,往日的闹市区,梧桐树上的匣子里,欢快地唱着秧歌曲。

解放后的石家庄,敌机轰炸后的废墟正在清理,街道两旁,涂有"固若金汤"字样的砖墙上,已经贴上了解放大军的安民告示,署名:杨得志。

店铺已陆续开门,老万宝、稻香村、隆聚泰、同和裕,五颜六色的布幌儿迎风而舞。人力车夫小跑着,喜滋滋地吆喝着行人。

建国堂,民国初期落成的一座戏院,坐落在石家庄最繁华的朝阳路上。

大平原深处的这座小城地方不大,却有着自己的传统地方戏——丝弦。丝弦的起源相当古老,据考由元末明初的弦索调衍化而来，比京剧要早百余年。丝弦的表演泥土气息浓厚，音韵铿锵，也最能代表这一方人的性格：纯朴，率真，热烈火炽。以至于当时，名角的艺名都火成了一片："正定红""赵州红""获鹿红""平山红"……

刚刚解放的小城，敌机仍不时地来轰炸。小城仅有的三个民间戏班：隆顺合丝弦剧社、革新京剧社、义和评剧社，却已经在戏院的边幕侧，"哒哒"地敲响了板鼓儿。朱德从西柏坡到达石家庄的当晚，也在建国堂看了半场戏，遇敌机空袭，戏台上的艺人来不及卸装，满头珠翠，大家紧急疏散……

父亲的城市

　　这是我在长篇小说《西柏坡》中的一段情景叙述，每一笔都是依照史料，据实描述。写这部小说时，关于这座城市的历史掌故，以及当年老街道、老商铺的名称，最初都是父亲娓娓道来，后来我在查证史料核实时，发现它们竟丝丝入扣。可以毫不夸张地说，父亲就是我的历史顾问。

　　小说中引用的有关解放石家庄部分的历史照片，有若干幅就是父亲当年翻拍的，他深深地爱着这座城市，历经漫漫的岁月风烟却珍藏至今。

　　大平原上的这座小城，自古就是战略要地，历经狼烟战事风云血火。远在战国初期，这里就是中山国的都城。中山国后被赵国吞并，赵国北

第二辑 开国之城

邻燕国,燕赵民风强悍,征战不绝。西汉高祖三年,韩信领兵东越太行山,在井陉口背水一战,惊动青史。风烟渐渐散去,这方水土才恢复了农耕文明的景象。明嘉靖年间,始有"石家庄"村名。清光绪四年,《获鹿县志》记载:"石家庄,县东三十五里,有街道六,庙宇六,井泉四。"甲午战败后,清政府签下马关条约,洋人的铁路又伸向了这里,寂静之地演变为商埠集镇。民国十四年,城市初建,因平汉、正太、石德三条铁路在此交汇,可西出山西,东接山东,南连豫鄂,北通平津,故而称为"石门"。卢沟桥事变不久,日军的铁甲车又隆隆开进,小城沦为了军事堡垒、兵站基地。日本天皇下了投降诏书,国民党第三军又接管了地盘,抢修工事,再筑碉堡,以这座城市的标志性建筑铁路大石桥为中心筑起了防御体系,指挥部就设在大石桥的桥屋里,凭借着外市沟、内市沟、城内核心工事三道防线,戒备森严的小城,成

了虎视眈眈瞄向冀中、冀南、冀晋、太行解放区伺机军事进攻的中心。

石门战役打响后,晋察冀军区六万野战军,一万多民兵,八万二千民工四面围城,采用土工作业,深挖交通壕到外市沟前,撕开防线发起纵深攻击,地工人员机智内应,策反敌兵阵前投诚,并切断电网及全城电源,战斗持续到第六天清晨……

乘着敌机轰炸弹药库、油库的轰天巨响和滚滚浓烟,解放大军发起最后冲击,布满累累弹痕的旗帜,飘舞在1947年11月12日的风中,成为这座城市永久的记忆。

父亲所在的部队野战医院,奉命在这座城市的外围抢救和运送伤员。一年后,当父亲护送部队伤员转院治疗,走进这座"开国之城"时,它已经拥有了一个新的名字:石家庄。

春天的记忆

十七年前，我走进太行山麓这个普通的小山村时，我没有想到，我的命运就和她紧紧地联系在一起了。那是春天里一个晴好的日子，我在一棵柏树下坐了好久，天很蓝，空气里氤氲着柏木的清香，一切看起来都那么安详，却又内孕着勃勃的生机……一个想法也在我的心中油然升腾。

岁月常常会将她最惊心动魄的故事隐逸于幽深的谷底，让我们在尘埃落定细说从头之时不禁感叹并折服于她的巨大玄机。当灾难深重的中国走进1947年的时候，历史，将她的目光停驻在了这个小村庄……我几乎不假思索，写下了一段文字：

> 绵延起伏的山峦，涌着浓浓重重的绿，波涛般漫过来……
> 眼前的山，绿得舒展，开阔，蓬蓬勃勃。
> 从坡梁望去，一座村庄进入视线。
> 村庄，古柏环抱，宛若一座摇篮……

这就是长篇小说《西柏坡》的引子。创作这部小说，历时两年，五易其稿，出版后，评论家称之为诗体长篇小说，称赞它"视角独特，不同于以往任何描写西柏坡时期的文学作品，不同于讲故事式的简单

叙述。首次以人物内心为线索，在特定历史环境中刻画人物，在鲜为人知的精彩故事中塑造人物。特别是全书二十二章，每章以作者的一首诗作开篇，这些诗立意新颖，构思精巧，从另一种观照视角出发，极大地拓展了小说的纬度空间。"

我的父母读了我的小说初稿后，二老竟结伴乘车走进西柏坡，说要认真感受一下革命圣地，没想到乘车返回途中，竟遭遇车祸双双住院。那段日子里，我们兄妹三人轮流守候在父母的病床前。父母的身体一点点康复起来，最先站起来的是父亲，他主动推起了轮椅，送母亲去各个诊室，春天又回到了我的心上。我在小说《西柏坡》的结尾处曾经感叹：

> 时间过得好快啊。前年这个时候，党中央还在陕北的漠漠黄沙中转战；去年的这个时候，队伍已越过了滔滔的黄河，向西柏坡进发了；而眼下，春分刚过，一场春的进军又要开始了。
>
> 春风如醇酒，著物物不知。
>
> 若再追溯起来，三十年前的那个春天里，一个叫毛润之的年轻人，正和他的同伴们指点江山，激扬文字，为暗夜里的中国，寻求着火把和航标……
>
> 那些春天的记忆啊。
>
> 在这个春夜里，毛泽东独自微笑着，他执起笔，在砚边轻轻舔着墨，在日历的空白处，挥笔写下了四个字："今日进京。"

大概也是因了我创作这部小说的缘故，父亲对西柏坡念念不忘。后来我才知道，父亲病愈后又瞒着家人几次去西柏坡，终于拍摄下了令他自己感到满意的一组西柏坡纪念馆前五大书记进京赶考的铜像。

第二辑 开国之城

西柏坡的两年，在历史的长河中不过是惊鸿一瞥，甚至相对于中国共产党的革命斗争史而言，它都是短暂的。但因为处于社会变革、时

父亲的城市

代转折的关口,必然地引发了一系列纷繁复杂的事件。一个小小的村庄,承载了共和国孕育诞生的诸多记忆。在经历了半个多世纪的沧桑之后,再一次回眸西柏坡,我不禁感慨于前行者们不灭的激情和不屈的意志。而我的父亲作为一个十三岁就参加革命的小八路,他的内心一定也饱含着这不灭的激情吧,他将这份激情,寄托在他的镜头里……

回首历史深处的小山村,所有的缅怀与思考都化为了无声的旋律,我写下了一首关于革命圣地的歌《让西柏坡告诉中国》:

让西柏坡告诉中国:

共产党人有一个承诺！
让西柏坡告诉中国：
父老乡亲有一记重托！

晨曦如火，旗帜如火，
激情如火，信念如火……

让西柏坡告诉中国：
人民的利益高于一切！
让西柏坡告诉中国：
艰苦奋斗是我们的本色！

晨曦如火，旗帜如火，
激情如火，信念如火……

父亲的城市

我的英俊的父亲啊

　　漫长岁月里的许多年，我最崇拜的人，是我的父亲。我的英俊的父亲，让我的青春都平添嫉妒。我曾多次在诗作中写到父亲："你漂亮的手势长成小树林／我在里面常常散步"，"你英俊得仿佛我的上帝／其实手臂下没有绿荫"……

　　半个多世纪前，我的父亲护送部队伤员转院治疗，从血雨腥风的大平原深处，一路风尘辗转走进这座开国之城时，这座城市刚刚经由"石门"更名。父亲说，"石家庄"这个大号，让他感觉亲切又清新，闻惯了泥土气息的土八路，对泥土和村庄爱得朴素又深沉。

　　那年，我的父亲刚好十八岁，他俊逸的眉宇间挑着一股英气，清澈的眼眸里闪烁着对新生活的憧憬。这是他第一次走进城市，对一切都感觉新奇和惊喜。临返回部队前，他整整军容，走进照相馆留了影。父亲没想到，这张照片竟成了他十八岁的生命向这座城市出示的报到证。几年后,父亲果真走进了这座城市,成为这座城市的建设者和永久居民。

父亲更没有想到,这张照片很快便出现在照相馆的橱窗里。以至于我的童年和少年时代,叔叔阿姨们常向我讲起当年的情形,说人们聚集在橱窗前,纷纷猜测这是哪位想不起名字来的电影明星。

父亲很快又回到了部队,他频繁接到采购药品的任务,辗转保定和北京。为了留下珍贵的记忆,每次临返回部队前,父亲都走进照相馆留个影。似乎是赴美好青春的约定,石家庄的石门照相馆、保定的三滨照相馆、北京的首都照相馆,都将父亲的青春影像展放在橱窗,并且这一展放,就是近二十年的时光。

2015年,父亲作为抗战老兵,荣获了中国人民抗日战争胜利七十周年纪念章,我的新书《父亲快跑》也同时出版,拥有中国最多读者的《读者》杂志社社长、总编辑富康年先生倾情推荐:"我相信很多中国人的心灵深处,都珍藏着这样的一位'父亲',热情、赤诚、坚定、顽强……而追寻父亲成长的道路,就是追溯我们这个民族曾经走过的历史。"

我的英俊的父亲啊!

我把新书呈送给父亲时,时年八十五岁的父亲戴上老花镜,读得竟那样认真……

这么多年没有仔细地看看你,
你依然英俊英俊得有些天真,
只是头发已蚕丝般地美丽起来,
美丽得让我伤心……

烽火岁月一支歌

我曾经生活过的这片土地，自古就有慷慨悲歌之说。这片土地上所激荡的历史风云，凝聚成一首首或豪迈或沉郁或悲壮或激昂的歌……

西柏坡，这个太行山麓的小山村，在上个世纪的历史转折关头，和中国革命紧紧地连在了一起，迎来了新中国的第一缕曙光。我的长篇小说《西柏坡》出版后，有评论家这样说："作家不仅仅从政治视角评价书写历史，而且从历史视角、文化视角书写革命历史，从而使革命历史书写的广度和深度有了新的拓展，在表现历史的曲折性和偶然性，在表现人物的丰富性、复杂性上有了新的突破，彰显了革命精神的史诗性追求……"

在我创作小说的那些日子里，我一次次翻开泛黄的资料，徜徉在小山村蜿蜒的村路上，试图去捕捉那来自岁月深处的回响……

　　山野里，草虫多，夏天的蝉声也有多种，有一种蝉声很特别，听上去很像是婴儿的啼哭："哇呜，哇呜，哇——"

　　山里人念蝉声清苦，叫它"没娘娃"。

　　有蝉声的前晌，必定是个响晴天。这阵子，李银桥还从阎大勇那里，学会了一句平山谚语：猛然听不到知了叫，想必风雨就来到。

　　村路拐了一个弯，李银桥跟在毛泽东身后，走向机关食堂的院子。

　　远远地，就听见院子里传出了清脆的女声，是前两天才演出回来的韩桂馨，在给警卫班的战士们教唱新歌。

　　韩桂馨声音清亮地唱着："没有共产党，就没有中国……"

　　战士们粗声大嗓地唱着："没有共产党，就没有中国……"

　　毛泽东和李银桥走进了院子，就见韩桂馨背对着院门，伸出手比画着："大家停一下。唱这首歌，要特别注意它的曲调。它基本的旋律借鉴了陕北的'霸王鞭'，同时还融入了咱们冀东的'秧歌舞'曲调，为什么呢？因为歌曲的创作者——群众剧社的曹火星，就是平山人。"

　　霸王鞭，最早流行于陕西等地，后传入北方和中南一带。相传秦朝末年，楚汉相争，项羽和刘邦约定：先入咸阳者王之。后项羽一路征杀，闯关夺隘，纵横驰骋，攻无不克。每攻下一城池，项王便挥舞马鞭，纵情大笑，歌之舞之，兴味犹酣，遂命士卒折木为鞭再舞，共庆大捷。其恢宏之状，激昂之情，吸引和感染了当地百姓，纷纷效仿。这种欢庆胜利的即兴歌舞形式，自此由沙场兵营传播到了民间，逐渐演变为一种传统歌舞节目，因项羽号"西楚霸王"，"霸王鞭"由此得名。

起源于农业劳动的秧歌舞,则是民间流传最为广泛的歌舞形式,不同地区所特有的唱腔和舞姿,艺术化地再现了农人田间插秧、耕耘的欢乐情景。比较而言,陕北秧歌粗犷奔放,山东秧歌明朗素朴,河北冀东秧歌欢快活泼。

韩桂馨认真地说着,忽然发觉警卫战士们的眼神,都笑着往她身后瞅,她扭过身来,正看见毛泽东微笑着和战士们打手势:"哎呀,主席……"

毛泽东笑了:"讲得很细致呀。跟着火线剧社到下面走一走,收获蛮大嘛!"

韩桂馨倒有些不好意思了。

毛泽东转过身问大家:"刚才,我听你们唱:没有共产党,就没有中国?"

警卫战士们看向韩桂馨,韩桂馨不知怎么竟红了脸,一时不知如何作答。

第二辑 开国之城

"好像在哪里听过呀?"毛泽东低着头,走了两步,"哦,想起来了……五年前,国民党出了一本书,是蒋介石著的,书名叫《中国之命运》。他在这本书里说:没有国民党,就没有中国……"

警卫战士们都哈哈大笑起来。

"你们莫笑……"毛泽东看看大家,"各位有看过历史书和小说的,《三国志》《水浒传》《封神榜》《红楼梦》上都没有国民党,还不是照样有中国?不知道蒋介石是从哪里考证出来的。"

战士们又一次被毛泽东的幽默逗笑了。

韩桂馨也"咯咯"笑着低下了头,仿佛自己做错了什么。

毛泽东望望韩桂馨:"蒋介石信口开河,我们可不能和他一样啊。我看这支歌子的歌词得改一改。先有中国,后有共产党嘛。这是连小孩子都知道的常识啊。但有了共产党,中国受苦受难的老百姓,就有了希望。所以说,共产党要改变旧中国,解放全中国,建立新中国。"

韩桂馨拍起手笑了:"好哇,没有共产党,就没有新中国。"

毛泽东笑笑:"这歌子唱起来容易,做起来难哪。唱得再好听,做不出实事来,群众也不会买我们的账啊。有些人高高在上,官位很大,称首长,好像老百姓都拥护他,其实这不能说明问题,要看最后的盖

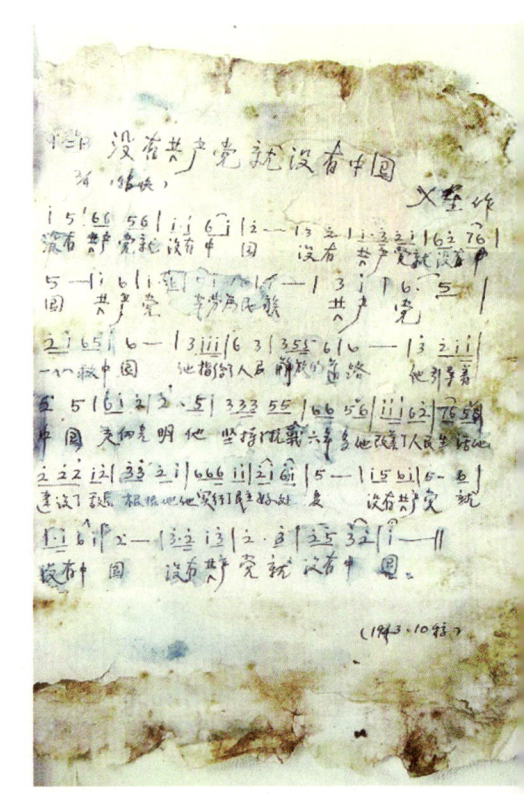

棺论定,要看开追悼会那一天老百姓落不落泪。有些干部死了,我看老百姓就不见得落泪,他是自封的群众领袖。因为你做了官,老百姓不得不和你打交道,其实公事一办完,人家就掉头而去,不大理睬你了。"

说到这儿,毛泽东转身看了看李银桥:"今天清早,我听见银桥唱'陕北出了个刘志丹',想了很多啊……真正的群众领袖,到开追悼会那一天,老百姓会觉得他死了很可惜,至少不会觉得死了也好,可以省下小米。刘志丹同志牺牲后,陕北的老百姓伤心得很,这说明他是真正的群众领袖。"

这首歌曲的词曲作者,就是石家庄平山西岗南村人,原名曹峙,参加革命后,在晋察冀边区群众剧社工作,取名曹火星,曾入华北联合大学文艺学院音乐系学习作曲和指挥。新中国成立后,到天津军管会文艺处音乐科工作,曾任天津市音乐工作团副团长。后主要从事作曲和行政领导工作,历任天津人民艺术剧院歌舞团团长、天津人民艺术剧院副院长,天津市文化局局长、天津市文联副主席、天津市音乐家协会主席等职。

对于最早歌名《没有共产党就没有中国》是如何最终定为《没有共产党就没有新中国》一事,流传着各种说法。据原中共中央文献研究室主任逄先知在《毛泽东和他的秘书田家英》中回忆说,是毛泽东提出并加进"新"字的——

1950 年，毛泽东听到女儿李讷唱这首歌时，立即纠正说："没有共产党的时候，中国早就有了，应当改为'没有共产党就没有新中国'。"

在创作长篇小说《西柏坡》时，我根据史料对这一情节进行了艺术加工，给予了一定的想象和丰富，增添了一些浪漫的色彩。

值得一提的是，曹火星是典型的八路红小鬼出身，他十四岁就参加了晋察冀边区群众剧社，这期间还专门到华北联大文艺学院学习了作曲和乐团指挥，十九岁就创作出了这支歌曲，经毛主席修改歌词后广为传唱。

烽火岁月诞生的这支歌，从平西抗日根据地堂上村，传唱到晋察冀边区西柏坡，又从西柏坡传遍了新中国……

烽烟中走来的女代表

翻开父亲的家国相册，放眼浩如烟海的历史照片，让我有恍若隔世之感。父亲有着惊人的记忆力，八十八岁的高龄，思维惯如往常地敏捷清晰，对每张照片都如数家珍。在这近百部相册中，有父亲当年翻拍的历史资料留存，更多的则是父亲的黑白摄影作品，如今清点整理，发现每一幅都是珍贵的史料。

第二辑　开国之城

父亲说，在他当年翻拍留存的历史资料中，这张石家庄市首届妇女代表大会的代表们座谈讨论的照片，他初次见到便赞叹不已。整幅照片色调柔和，光影层次丰富，使人物形象更饱满生动。翻拍时，如果曝光量增大，会使得照片黑白反差过于强烈；但曝光量减弱，又容易使生成的影像蒙上一层雾。为此父亲翻拍了数次，直到影像效果满意为止。让我更为吃惊的是，时隔六十多年，照片中有位参会代表，父亲还能说出她的名字。

是啊，父亲又怎么能忘记呢？少小离家的他，在行军转战的生活中，亲身感受到了解放区女性的善良、质朴、坚韧和顽强，当年，解放区流传着一首歌谣，句句都是对她们的表彰：

> 最后一碗米，送去做军粮，
> 最后一尺布，送去做军装，
> 最后一件棉袄，盖在担架上，
> 最后一个娃，送他上战场……

1947年，解放石家庄的战斗打响了，十几万妇女投身到战斗中来，成为一支生力军。她们有的奔赴战场，抬担架，救伤员；更多的在后方做军鞋，送军粮，还自觉组织起来站岗放哨，查路条，保卫村庄。下盘松村的松林里，妇救会主任戎冠秀刚刚将病愈的伤员扶上战马；西柏坡村的柏树下，民兵的队伍开赴冀西保卫石家庄，妇女担架队又要出发……

晋察冀边区的妇女们，一方面投身到战斗中，支援着前线；一方面又努力学习着文化，提高自己。边区普遍开展了提高妇女文化水平的消灭文盲运动，广泛建立了妇女训练班、识字班、夜校等文化场所，请有文化的妇女、军人当先生，还有儿童当小先生上课。冀中半数以上的村庄都有识字班，每个村平均有五六十名妇女上课。学习识字写

字,听唱革命歌曲。在父亲翻拍收藏的老照片中,有一张他还取名为《新夫妻识字》,镜头讲述的是河北定县翟城村开展冬学,参加冬学的学员和妻子在家里抽空学习的情景。

随着解放战争进程的加快,石家庄,这座率先解放的城市,也在积极地为即将到来的大变革孕育着新生的力量。1949年2月16日,石家庄市首届妇女代表大会,在中华路参议会大礼堂隆重举行,参加此次大会的代表共计一百一十人,代表着这座城市的数十万妇女。

在首届妇女代表大会上,妇女就业问题被提到议事日程。就业是妇女生存和发展的基本要求,是最基本的权利。妇女就业状况,体现了妇女平等参与经济和社会发展,获得相应社会经济地位的程度。正是在此次会议上，做出了成立妇女职业介绍所的决定。经过一个时期的筹备工作，1949年5月，妇女服务处正式成立。当时，北京、天津解放，一部分在家庭隐居的知识分子及逃往北京、天津而又返回石家庄的学生纷纷前来登记。随着1949年6月份火柴厂、被服厂迁至石家庄以及打蛋厂建立的消息发表后，大批的劳动妇女前来登记，经济上的独立，让她们对新生活充满了激情与热力。正如马克思所说："每一个了解一点历史的人都知道，没有女性的酵素就不可能有伟大的社会变革。"女性力量的崛起，给这座新生的城市注入了更多的活力。

石家庄首届妇女代表大会还选举了邓颖超、甘棠、殷云芳三人，作为出席"中国妇女第一次全国代表大会"的正式代表。晋察冀解放区"拥军模范""劳动英雄""子弟兵的母亲"戎冠秀，还应邀参加了全国第一次政协会议，出席了开国大典……

烽烟中走来的母亲们、姐妹们聚在一起笑谈着，笑声像山风一样

爽朗。多久没有这样开心地笑过了,是啊,昨夜山风贯耳,马蹄如雨,崎岖山路上冲出了多少支前模范?今晨硝烟散去,大地苏醒,厂矿废墟上站起来多少劳动英雄……

2017 年 3 月 27 日

第三辑　故土山河

风在吼,马在啸,大清河卷起声声浪涛,河南河北庄稼熟了,七尺男儿拿起大刀,拿起长矛……悠悠的大清河,流淌着血与火。冀中的土地上流传着一首歌:"大清河啊大清河,大清河北血泪多……"

第三辑 故土山河

想起老妈妈

父亲九十高龄,头脑异常清楚,当他得知我正在写"子弟兵的母亲"戎冠秀时,满含深情地在电话里告诉我,他见过老人家三次,实际上却是两次;第一次是八路军攻打石家庄时,没见到人,却见到了她捎来的煮熟的鸡蛋,以后还见过老人家两次。

我被父亲的话绕糊涂了,当时正好手边有事情要办,我让父亲再仔细想想,就匆忙放下了电话。几天后,我得空,和父亲又通了电话,

父亲的城市

父亲回忆说：第一次是八路军攻打石家庄，战斗打响前，我们冀中十分区野战部队奉命急行军，赶到一个叫"茂州"的地方驻扎。父亲强调说，是读音"茂州"，具体哪两个字就不清楚了。我们野战医院手术队，就驻扎在老乡家的院子里。只记得战斗打得很猛烈，炮火轰轰隆隆的。那天我正整理手术器械，首长忽然通知大伙儿说：北岳区首长慰问伤员来了，还捎来了"子弟兵的母亲"戎冠秀特意煮熟的鸡蛋，捎来了她老人家的亲切问候……

父亲说得情真意切，我放下电话，不由得在网络仔细查找，心中忽然一阵感动。搜寻网络，一幅标题《1944年，八路军进驻河北鄚州》的照片，就使我怔住了。

— 064 —

古城鄚州，今隶属雄安新区，历史悠久，位处交通要冲，自古为争战鏖兵之地，相传北宋将领杨延昭曾在此大败辽军。紧接着，我又读到几篇振奋人心的文章，尤其是《八路军1944年的局部反攻：势如破竹，两次攻入石家庄》。文章很长，我仅摘引部分段落："日本编撰的《华北治安战》中，引用了八路军在1944年的战报。说明八路军在这一年战果辉煌、举世瞩目，无法否定。晋察冀区聂荣臻部队：1944年采取一连串的攻势，使该区形势为之改观。如石家庄、保定、高阳、肃宁、武强等，均曾两次被我攻入……从这份八路军的战报之中，可以看出八路军率先进行了战略反攻，八路军的攻势不可阻挡、势如破竹、战果辉煌。"

1944年3月晋察冀军区政治部出版的《晋察冀画报》晋察冀边区"北岳区反'扫荡'战役、战斗英雄战斗模范大会"专号，封面刊发了照片：荣获"晋察冀边区子弟兵战斗英雄"称号的邓仕均、荣获"北岳区拥军模范——子弟兵的母亲"称号的戎冠秀、荣获"晋察冀边区爆炸英雄"称号的李勇。大会现场，邓仕均认出了曾抢救掩护过他并精心照料他伤愈的戎妈妈，晋察冀军区专职摄影记者叶曼之拍摄了这张传世名作《晋察冀三英雄》，聂荣臻还欣然为这张照片写下了"光辉永存"的题词。

参加晋察冀边区第一届群英会后不久，北岳区

父亲的城市

八路军主力部队在地方部队配合下,将攻打石家庄,冀中军区部队奉命集结到了郑州古城。"北岳区拥军模范——子弟兵的母亲"戎妈妈听说了,要来慰问子弟兵们,被首长们劝阻住了,她提来攒了小半篮子的鸡蛋,特意煮熟了,托首长们捎给战士们……

1946年1月,晋冀日报出版社出版了诗人田间的叙事长诗,画家娄霜木刻的铅印本《戎冠秀》,诗人用浅显易懂极平实的语言,赞颂了她老人家:"这位好老人,好比一盏灯。战士给她火,火把灯点明。她又举起来,来照八路军……"

父亲说,大约是1952年春天,我们部队医院驻扎在保定,老人家又去慰问过一次伤员。和平年代,她对人民军队的关心和爱护不减当年。我从网上查找得知,就在这半年前,她的三儿子、志愿军某部炮兵连连长李兰金,刚刚在朝鲜战场牺牲……

记得就在那一年,父亲添置了第一件家当:照相机。从此,他经常拍摄照片或翻拍资料。但凡他觉得有意义的照片,他都要翻拍下来存档。"子弟兵的母亲"戎冠秀的照片,更是他珍贵的收藏。

父亲第三次见到戎冠秀老人家,是在上世纪60年代初。我从有关资料中了解到:新中国成立后,中国人民解放军进入现代化正规化革命军队建设的新时期,军事训练成为平时军队建设的中心任务。为提高备战打仗能力,1964年,全军开展了群众性大练兵活动,并举行了

第三辑　故土山河

声势浩大的大比武。各军兵种在从陆地、蓝天到海洋的比武场上争相竞技，涌现出一大批先进单位和训练尖子、技术能手。据统计，参加比武和表演的官兵及民兵共有13700余人，获奖单位1212个，获奖个人2257人，其中集体一等尖子289个，个人一等尖子545名，可谓英雄辈出、群星璀璨。

从父亲翻拍的历史照片中，我发现了戎冠秀手持钢枪的照片，异

常欣喜。这些年我在报章杂志也看到过老人家各种照片，唯独这一张从未见过。从照片上的说明得知：这是1964年的民兵大比武，"子弟兵的母亲"戎冠秀端枪射击，十发子弹，八发高中。

照片上的戎妈妈慈祥的眉眼里透着笑意，这一年她已经六十八岁了，可端起枪来，还是那么稳稳当当。

这就是中国的母亲，有了她们，就有了坚实的大地；有了她们，就有了安稳的人间……

不远万里

记得读初中时，就学过《纪念白求恩》这篇课文，课文里有个成语："不远万里"，当时不知怎么没有听懂，可又不好意思问老师，越是不懂就越想提问，一提问又怕班主任褚文明老师那特有的幽默：带有你名字的成语你都不懂？谁给万里同学讲讲不远万里？同学们肯定哄堂大笑。想了想还是忍住了，可越是不懂就越着急，好不容易等到下课了，硬着头皮去找褚老师，其实褚老师端着大茶缸子意犹未尽，巴不得有学生跟进语文教研室问问题，他操着藁城口音抑扬顿挫地给我又讲解了一遍，我这才如释重负。

不远万里，不远万里，诺尔曼·白求恩医生，一个加拿大共产党员，在我出生之前的二十年，就从遥远的国度不远万里来到了中国革命根据地，从延安又奔赴晋察冀。他穿着八路军的军装，和八路兄弟们站在一起，那样子看起来是那么亲切而有趣。

这些年，我陆陆续续地查阅了很多史料，就想深入了解一个外国人为什么抛家舍业地来到中国，而且一来就扑到抗战前线救治伤员，是什么精神在支撑着他的思想和身躯？

我们所感受到的白求恩，是救死扶伤无私无畏的战士，但曾经的白求恩也经历过他生命中的阴霾期，那是第一次世界大战中，他担任加拿大第一师战地救护队的担架员，目睹了战争留下的满目疮痍，回国

父亲的城市

后的他长时间走不出战争的阴霾,心灵迷惘,情绪消极,甚至酗酒自杀,纵身跳进了波涛滚滚的英吉利海峡……而此后,渴望爱情的白求恩也经历了婚姻生活的不顺遂,而且身染重疾,患上了当时的绝症——严重的肺结核。

当命运把他推向了低谷,也冥冥中为他安排了泗渡彼岸的方舟,1937年7月30日,在美国洛杉矶举行的一个医友晚餐会上,白求恩和来自中国的教育家陶行知相遇了,萍水相逢,两人却一见如故。那时节,卢沟桥的枪声刚刚震惊了世界,陶行知向白求恩描述了中国人民所遭受的屈辱、苦难和他们不屈不挠抗争的决心,白求恩被深深地震撼了。一个念头,在这个加拿大共产党员的心头升起:到中国去!到最需要

第三辑　故土山河

我的地方去！

到中国去！到中国去！

1938年春，白求恩辗转到达延安，他放弃了在后方医院相对舒适的环境，坚决要求上前线救治伤员。这一年的夏天，白求恩来到晋察冀根据地，在五台山金刚库，聂荣臻用一碗清泉水来迎接了这位远道而来的客人。

半个多世纪后，我们摄制组一行深入阜平县城南庄——当年的晋察冀边区政府所在地，在这里，人们讲述着白求恩的故事，讲述着他的热情，他的敬业，他的仁厚……

看着当年战地记者拍摄的照片，我被深深地感动了：1939年10月14日，著名的黄土岭战斗中，白求恩要求"救护工作务必靠近前线"。为此，他的手术室就被安置在离火线不到四公里的涞源县孙家村外的土地庙里，完全在敌人的炮火射程之内。等待白求恩救治的伤员，就

父亲的城市

在土地庙外排起了担架队……就在简陋的土地庙里,白求恩为伤员做着手术,弹片不时地在身边炸落,四周弥漫着硝烟,白求恩全神贯注地为伤员做手术,忘我地工作着……

在我童年的记忆里,家里始终挂着一幅相片,那是电影摄影师吴印咸拍摄的白求恩救治伤员的相片,那是他应晋察冀《抗敌报》社长邓拓和晋察冀军区政治部摄影科科长沙飞之邀在晋察冀拍摄电影《白求恩大夫》的新闻素材片时拍摄到的。拍摄地点就是离火线不到四公里的涞源县孙家村外的土地庙,白求恩就在简陋的土地庙里为伤员做手术。也就是在这座土地庙里,白求恩的左手中指在手术中被刀尖划破,10月19日白求恩大夫在手术中感染,使他转为败血症,不幸于11月12日晨在河北唐县黄石口村病逝。新中国成立后,这张照片曾两次被用于纪念白求恩的邮票之上。

父亲当过八路军卫生兵,对白求恩大夫充满敬仰之情,这张照片也就一直在屋里悬挂着。我的小学同学经常来家和我一起写作业,对这张照片应该不会陌生。

很多年以后,父亲担任了中国摄影家协会主办的中国摄影函授学院辅导教师,还会给学员们讲起这张照片的光影处理,画面上的白求恩和一名护士站在日光下,另外两名军医则站在暗影里,曝光稍有偏差,这张照片就报废了,掌握得要恰到好处,才能有好的影调。

有时候,父亲什么话也不说,就望着这张照片,默默地站一会儿。

在我的印象中,父亲经常去华北军区烈士陵园,拍摄白求恩像前的扫墓队伍,变幻着不同的角度,直到有一天,父亲终于拍摄到一张他满意的作品。在这张作品里,蓝天丽日,白求恩的脚下,是一群簇拥着的花朵般的孩子……

白求恩在弥留之际,曾给聂荣臻司令员写了一封信。他交代了身后的一些事情,他还说:这两年,是他平生最愉快、最有意义的日子。他有很多话,要对同志们说……

父亲的城市

第三辑 故土山河

故土山河

也许是幼学美术的缘故，我对画家罗工柳的画作十分偏爱，他早年主要从事版画创作，1942年创作的木刻版画《左权将军像》，刀刀似有浩然之气，敬慕之情一望而生。

左权将军与太行山有着不解之缘，这位黄埔军校第一期毕业生，二十岁时就加入了中国共产党。1942年5月，侵华日军出动大兵团突袭八路军前敌指挥部，时任八路军副总参谋长的左权，坚决要求由自己担任掩护和断后，同时带领总直机关、北方局机关和北方局党校突围。当队伍冲向敌人最后一道封锁线时，一颗炮弹在左权身前爆炸……

将军遇难，天地同悲。朱德总司令为痛悼左权将军写下感人诗篇："名将以身殉国家，愿拼热血卫吾华，太行浩气传千古，留得清漳吐血花。"左权夫人刘志兰女士悲情悼念："愿以廿年的生命换得你的

生存；或许是重伤的归来，不管带着怎样残缺的肢体，我将尽全力看护你，以你的残缺为光荣，这虔诚的期望终于成为绝望！"

太行山区万余抗日军民，发起了签名运动，要求将山西辽县更名为左权县。左权公葬仪式在河北涉县举行，在他殉国八年后，灵柩由涉县迁至邯郸晋冀鲁豫烈士陵园。

晋冀鲁豫，西部千山万壑，东部沃野千里。晋冀鲁豫烈士陵园，1946年由当时的晋冀鲁豫边区参议会第一届第二次大会决议，为纪念八路军总部前方司令部政治部、晋冀鲁豫军区及一二九师牺牲烈士而修建。陵园主体建成后，1950年10月21日，中央人民政府内务部，组织举行了隆重的"安葬左权将军暨诸烈士与邯郸烈士陵园落成典礼纪念大会"。

听说我正在写左权，妻说她想起曾经唱过的一首山西民歌，却想不起是什么时候学会的这首歌，大概是从当年的小学课本上吧，虽年代久远，却记忆犹新，她说着不由得哼唱起《左权将军之歌》来：

第三辑 故土山河

左权将军家住湖南醴陵县，
他是中国共产党的优秀党员。
参加中国革命整整十七年，
他为国家他为人民沥尽心血。
未当政治委员苏联去留洋，
回国以后由军长升到参谋长。
日本鬼子五月"扫荡"咱路东，
左权将军麻田附近光荣牺牲。
左权将军牺牲为的是老百姓，
咱们辽县老百姓要为他报仇恨。
老乡们！咱们要为他报仇恨！

词曲朴素得就像从泥土里刨出的山药蛋儿，我之所以逐字逐句地记录下来，是因为异常珍视，对于当时晋冀鲁豫边区普遍开展的识字

父亲的城市

扫盲运动中的百姓而言，这样的词曲才最富有感染力，也最能打动人心。

回首往昔艰难的岁月，晋冀鲁豫边区军民英勇奋战，经受了血与火的洗礼。如今，漫步在晋冀鲁豫烈士陵园，我更深刻地感知到我们的民族是怎样从一次次深重的灾难中浴火重生，而又有多少仁人志士为了这个民族的新生赴汤蹈火，在所不惜。

四八烈士阁，就是为纪念因飞机失事而遇难的王若飞、秦邦宪（博古）、叶挺、邓发、黄齐生等十三人而修建。1946年4月8日，王若飞等人在返回延安的途中，在山西兴县黑茶山因飞机失事，不幸遇难。陈毅闻讯，伤心难当，写下了悼亡诗《哭若飞》："廿年患难知交久，失事高空恨更长。豪饮把杯惊满座，深谈携手忆河梁。折冲樽俎鞭撒旦，迫贼关牢出睢阳。有志愿傍青冢宿，英雄肝胆亦柔肠！"

童年时，就读过上海人民美术出版社出版谌孝安绘画的连环画《王若飞在狱中》，至今在网络上还能找到连环画的每一帧画作。上学后，语文课上学过叶挺的《囚歌》："为人进出的门紧锁着，为狗爬出的洞敞开着，一个声音高叫着——爬出来吧，给你自由！我渴望自由，但我深深地知道——人的身躯怎能从狗洞子里爬出！我希望有一天，地下的烈火，将我连这活棺材一齐烧掉，我应该在烈火与热血中得到永生！"

在烈火与热血中永生！我不禁想起第六届全国美展金奖作品《太行铁壁》，这是画家王迎春和杨力舟夫妇在长达八九年的时间里深入太行山调查研究、体验、孕育的佳作。画面上，浴血太行的抗日军民如山崖般耸立，面庞的坚毅、眼神的果敢，无声地向我们传达着内心的信念，故土山河，精魂永存……

耳边仿佛又响起《国歌》那深沉而激昂的旋律："起来！不愿做奴隶的人们！把我们的血肉，筑成我们新的长城……"

父亲的城市

血性太行

那一年，妻子的博士论文即将付梓，那是一本关于解放区文学的研究专著。在协助妻子整理文稿的过程中，我不禁想起了平日里搜集的版画作品集，那些出自彦涵、古元、石鲁、罗工柳等大师们之手的版画作品，不仅是对解放区历史情境的真切复现，也是对论文主题的一个形象的诠释。遴选过程中，我发现了罗工柳创作于1941年的版画《马

第三辑　故土山河

本斋的母亲》，画幅上那个大义凛然、果敢坚毅的母亲形象，又一次深深地震撼了我……

也就是那一年的春天，我接受中央电视台的任务，拍摄爱国主义教育示范基地河北部分的宣教片。为此，我和摄制组深入河北的部分市县。在莽莽苍苍的华北大平原深处，我们寻访到了献县回族抗日民族英雄马本斋烈士的故乡——本斋村。翠柏掩映的村中，坐落着马本斋纪念馆，矗立在广场上的锻铜雕像，再现了英雄当年驰骋沙场的威武雄姿。

风在吼，马在啸，大清河卷起声声浪涛，河南河北庄稼熟了，七尺男儿拿起大刀，拿起长矛……

少小离家，饱尝苦难的马本斋十八岁时毅然从戎，先后当过排长、连长、营长、团长。东北易帜后，他所在奉军被改编为国民革命军。九一八事变后，他满腔义愤，主动请缨，但随后部队被严令调往江西打内战，苦闷中的马本斋愤然解甲，回到生养自己的故土。

七七事变的枪声，震动了故乡的田野。田野每一株高粱都挺起了脊梁，仿佛听到了风的召唤。当年，就在村中清真寺的高台上，三十四岁的马本斋振臂一呼，组织起全村七十多名回族青壮年，举起了抗日义勇军的大旗。面对山河沦陷，国家危亡，宁可站着死，站成不倒的城墙，站成民族不朽的脊梁。

1938年春，马本斋率队开赴河间，参加了共产党员孟庆山领导的河北游击军，编为冀中回民教导队。也就在这年秋天，无边的田野漫起青纱帐的季节，马本斋在绣着镰刀斧头的旗帜下握紧拳头，庄严宣誓，加入了中国共产党。第二年的秋天，冀中回民教导总队改编为八路军第三纵队回民支队，马本斋担任了司令员。他率领着这支英雄部队，所向披靡。面对日军妄图封锁分割我抗日根据地的严峻形势，纵横穿插，勇猛出击，挺进深县、定县、无极，驰骋大清河畔、白洋淀边，由南到北，由西向东，从冀中平原转战渤海之滨，如一把尖刀割开暗夜，打出了八面威风，被冀中军区誉为"打不烂、拖不垮、攻无不克的铁军"，毛泽东更称赞回民支队是"百战百胜的回民支队"。

本斋村的老人们，不会忘记抗日战争最艰苦最血腥的年月，侵略者怎样放火烧毁了清真寺、毒打阿訇和百姓，捆绑了马本斋的母亲白文冠，企图逼迫马本斋投降。英雄的母亲面对威逼利诱，大义凛然，威武不屈，宁死不给儿子写劝降书，绝食七天，壮烈殉国。

画家罗工柳创作了版画《马本斋的母亲》，延安《解放日报》以《气壮山河》为标题，报道了英雄母亲的事迹，马本斋得知母亲就义的噩耗，悲愤疾书："伟大母亲虽死犹生，儿承母志继续斗争。"

悠悠的大清河，流淌着血与火。冀中的土地上流传着一首歌："大清河啊大清河，大清河北血泪多……"侵略者开始了更加疯狂的"清乡""扫荡"。马本斋率领着回民支队，打泊镇、袭交河，转移敌人视线，而后冲破"铁壁合围"的封锁，胜利转移到冀鲁边区。1944年春，回民支队接到命令，开赴陕甘宁边区，保卫延安。马本斋激动得彻夜难

第三辑　故土山河

眠，然而多年的征战积劳成疾，突发疾患，马本斋带着遗憾，带着向往，长眠在了鲁西北的土地上……

毛泽东感念英雄的一生，用最朴素的话语表达着心中的敬意："马本斋同志不死！"周恩来副主席写下："民族英雄，吾党战士！"朱德如诗的挽联，镌刻在百姓的心中："壮志难移，汉回各族模范；大节不死，母子两代英雄。"

在拍摄这部片子的过程中，我们采访了马本斋之子、时任海军航空兵副政委的马国超少将，马国超说：奶奶牺牲时，我只有两岁；父亲病逝时，我五岁。父亲和奶奶的事迹，我是后来才了解到的。我的名字是父亲取的，他希望中国能早日超过强国。他临终前，问教过我的两个字，我会不会写了。我就现场写给他看："中国。"他很高兴，叫我记住，这就是我们的国家，长大后要热爱自己的祖国……

父亲节那天，我打电话问候身在石家庄的父亲，顺便也说起了手头的创作，父亲忽然说：回民支队？我当年还在那儿的卫生队干过呢。

父亲的城市

哦，父亲还有这段经历，我不禁来了兴致。原来，父亲当年是部队里的文艺骨干，业余时间经常参演抗战题材歌剧《宝山参军》《火车开来的时候》等等，台下观众都是冀中军区的部队将士，有一次演出结束后，冀中回民支队卫生队的队长高雅轩特意找到我父亲问道：你就是给伤员做手术，麻醉技术呱呱叫的那个兵吧？我都听说了，跟我走吧！父亲后来才知道，高雅轩就是和我父亲同台演戏的战友高玉兰的父亲。高队长说到做到，竟然帮我父亲办好了手续，带他到了回民支队。那可真是一段难忘的岁月，队伍经常行军打仗，回民支队的战士们打仗真是勇猛，伤亡也惨烈，但伤员们伤还没好利索就要求返回部队，父亲还记得有个刚刚伤愈的战友，临别时微笑着摸了摸我父亲的头，摆了摆手就上前线了，没过几天就听说，他在那次战斗中牺牲了……

电话里，父亲的声音哽咽了，我的眼睛也不由得潮湿了："打不烂、拖不垮、攻无不克的铁军"是多少流血牺牲换来的……

第三辑 故土山河

城南风烟里

小妹夫喜读历史小说，酷爱搜集史料，我的长篇小说《西柏坡》出版后，即送他一册。记得他当时随手翻了翻，便开口问道：敌机轰炸城南庄，你写到了没有？我不禁乐了，妹夫到底是史料迷，一问便问到了紧要处。听我说写到了，他当即让我找出有关章节，我慢慢饮茶，等他读小说：

夏夜很短，不知不觉天就亮了，菩萨岭尚在睡意蒙眬之中，岭下的城南庄一片静谧。

天亮前，李银桥值了一班哨，数着飞来飞去的萤火虫，默默地算了算日子，来城南庄竟有一个月了，眼前已是1948年5月18日的清晨。

值哨回来，李银桥就径直走向了晋察冀军区司令部大院，远远地看见小屋的窗棂灯影昏黄，一个身影还在晃动着。李银桥和门口的警卫小声说了句什么，撩开草帘进了屋……

听见响动，毛泽东回过身："哦，银桥啊……"

"主席，你又一夜没睡？"李银桥的话音里有些责备。

毛泽东笑了："好，好，这就睡。"

李银桥端来水杯，看着毛泽东吃下两片安眠药，才端着

父亲的城市

脸盆出了屋。

院子里，井台边，李银桥刚刚从水盆里拧出毛巾，就听见北山上传来了防空警报。

防空警报声，那样尖利刺耳，李银桥一时没有反应过来，怔住了……

就听得身后，仿佛有大风刮起，发出"呼呼"的声响。

李银桥本能地回过身来，只见头顶上，一架敌机像张着翅膀的黑鹰"嗡"的一声掠过，紧随其后，又有两架敌机从山那边压过来，阳光一时间被遮蔽了，满树的叶子哗哗地向后仰，像被大风吹乱了的头发。

三架敌侦察机，在空中盘旋一圈，又呼啸而去。

李银桥睁大眼睛，清清楚楚地看见了敌机机翼上标着的洋字码：B—25。

聂荣臻这时也急匆匆地赶来，喊了一声："主席呢？"

李银桥慌忙说："刚睡下。"

聂荣臻一招手："快叫醒主席。侦察机打头，跟着就是轰炸机。"

李银桥抬腿就往小屋跑，"哐啷"一声，脸盆被踢翻了……

屋内，毛泽东已坐起身："莫要急，没什么了不起，无非是投下一点钢铁，正好打几把锄头，开荒种地。"

聂荣臻声音很急促："我要对你的安全负责。"

他转身命令李银桥："快，架起主席，进防空洞。"

这时，防空警报又一次响起……

顾不得许多了，聂荣臻和李银桥像架扶着伤病员，架扶着毛泽东的胳膊，夺门而出。

一股强劲的热风扑面而来，让人睁不开眼睛，毛泽东、聂荣臻、李银桥相互架扶着，前脚刚跨出大院，敌轰炸机就

父亲的城市

呼啸着俯冲下来，随着尖利的呼啸声，身后的大地，猛然间剧烈地震颤了……

震耳欲聋的爆炸声，溅起冲天的火光。

身前，身后，蘑菇状的黑烟腾空而起……

阜平城南庄，敌机轰炸过后，一片狼藉。

浓浓的黑烟还没有散尽，炸断的树木却被引燃了，嘎巴嘎巴地燃烧着，又"轰"的一声倒下来，溅起一片火星。

警卫战士们在忙碌地收拾着。

毛泽东走进了院子，站在了一株小树跟前，心痛地摇摇头："啧啧，罪孽哟……"

小树，是一株桃树，还没有长成，就被弹片削去了半边身子，裸露着白花花的断茬，汁液沿着树干还在滴淌，半小时前，李银桥还给它浇过水。

第三辑　故土山河

毛泽东喃喃着："桃等三，杏等四，李子结果等五年……眼看它就要成材，就要结桃子了呀……"

毛泽东看看聂荣臻，感慨道："他蒋介石，连桃树也不肯放过呀……"

"这笔账，迟早要算。"聂荣臻铁青着脸。

"银桥啊……"毛泽东转过身，轻声说，"去找根布条来，把它绑一绑，不知还能不能接活呀？"

李银桥应声去了。

毛泽东看聂荣臻眉头深蹙着，面色很凝重，便轻声笑了笑，风趣地说道："看，我一来，敌机就把你的大院炸了……"

聂荣臻心里很沉，他抬起头来，看看毛泽东："敌机显然是有目标而来，而且投下的又是杀伤弹。看来，我们内部出了奸细……"

正说着，就听见一阵杂沓的脚步声，侦察科长和几位保卫干事匆匆地走进院子，聂荣臻摆了摆手，自己迎了过去……

只听他低声吩咐着："从现在起，严密布控，仔细查一查，不仅内部要查，附近的村子也要查！"

年轻的侦察科长低声向聂荣臻汇报着什么，其余的人很快走出了院子。

李银桥这时也走过来，毛泽东扶起了小树的半边枝子，李银桥用布条仔细缠绑着。

小桃树，被精心地绑了布条，看上去像是负伤的战士，胳膊上缠着绷带，往日郁郁秀秀的身影，又平添了几分悲壮的色彩。

李银桥怕布条松动，又用牙齿咬住扣结，使劲儿紧了紧。

这时，不远处传来了战士的喊声："嘿，这还有一颗臭弹。"

"哦？"毛泽东来了兴致，"去看看。"

李银桥抬起头："主席，别去了，敌人丢下的，也许是定时炸弹……"

"定时炸弹又怎么样？敌人怎么知道我们这个时候去参观呢？"毛泽东反问道。

李银桥被问住了，他看着毛泽东那股认真劲儿，轻声笑了。

弹坑边，已经聚集了几个战士。

哑弹，虽没有爆炸，但从高空的敌轰炸机上俯冲下来，裹挟着灼灼热浪，还是掀翻了泥层，旋出了一个足有一米深的弹坑。

弹坑里，只见一个黑乎乎的家伙，趴在那里一动不动。乍一看，仿佛是夏天挖菜窖，不留神挖出了一只埋着的死猪。

毛泽东围着哑弹转了一圈，呵呵地笑起来："看来，蒋介石的气数已尽哪。炸弹丢在我们脚底下，它就不敢响。"

大家都笑了。

聂荣臻也站在了弹坑边，轻声说："听敌占区来的同志们讲，在敌人的兵工厂里，我们一些有觉悟的工人，常常把沙子混作火药，装进炸弹里……"

毛泽东点着头，很是感慨："得道者，多助；失道者，寡助。一个政权，如果把人民的利益抛到一边，那人民，就要给它掺沙子呀！"

战士们围在一旁，静静地听着……

妹夫合上书，端起一盏茶，喝了一口："你没有放开写呀！阜平的王快镇上，有个国民党潜伏特务，是他在晋察冀军区司令部大院设下暗号，指引敌机轰炸的毛泽东驻地。这段史实，你不会不知道吧？"

我不禁赞叹：妹夫对史料了解得真是清楚。当时的阜平，确实暗

第三辑　故土山河

藏着两个国民党潜伏特务，一个是阜平王快镇上的晋察冀军区大丰烟厂的经理孟宪德，一个是被孟宪德拉下水的晋察冀军区司令部伙房司务长刘从文，刘从文利用孟宪德处的电台，向敌特组织告了密，引来了敌机轰炸城南庄。

妹夫听我叙说了原委，想起了什么：那个刘从文，是后来才被抓住的吧？

我也不由得兴奋起来：那正是我下一部小说《天安门》里将要揭开的谜底。

花山文艺出版社 2011 年出版了我的长篇小说《天安门》，并在内容简介中写道："1949 年 3 月，春寒料峭，中共中央告别西柏坡，进驻古都北平，而此时，国民党保密局代号'雁南飞'的特派员也悄悄潜入北平。国内外敌对势力阴谋勾结，疯狂进行各种破坏活动，妄图颠覆年轻的共和国。一场保卫天安门、保卫新中国的生死较量就此拉开了序幕……"

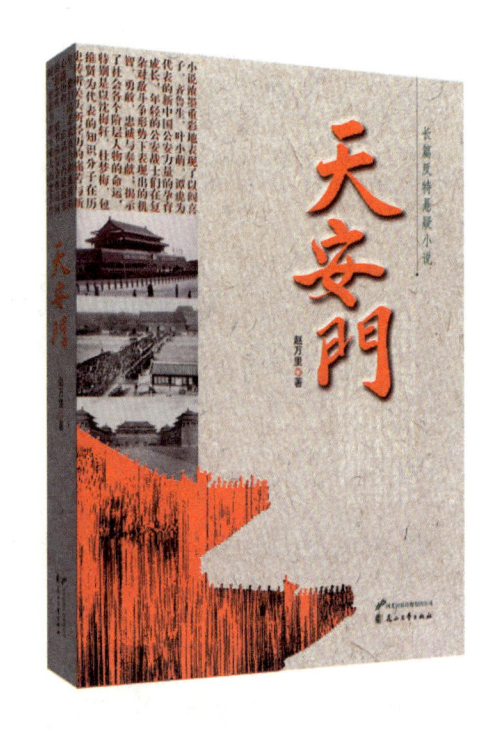

穿过暗夜的钟声

这一片土地曾饱受屈辱,灾难深重。每一株小草,都见证着腥风血雨。

河北省滦南县,潘家戴庄惨案纪念馆,这幢废墟上崛起的建筑群,正是一个民族对侵略者暴行的控诉。勿忘国耻,勿忘一个民族的耻辱。

黑色的花岗岩,筑起了一道"冤魂墙"。无声的阿拉伯数字,此刻,却是那样触目惊心。它在警醒,也在昭示着人们,不要忘记1942年,有1280名同胞在这里遇难。

第三辑　故土山河

仰望错落伸展的纪念馆中心屋架，可以想见大火焚毁后的村庄残垣断壁；透过冤魂墙正中的错台缺口，仿佛可以听到遇难者冲天的呐喊。

幸存者的控诉声声血泪，谢罪的战犯长跪不起。

1931年，日本帝国主义武装侵略我国东北，制造了震惊中外的九一八事变。继而又在1937年制造了卢沟桥事变，发动了全面侵华战争，在冀东地区推行血腥的治安强化运动，疯狂进行"扫荡"和"清剿"。继1941年1月25日丰润潘家峪惨案后，又在滦南潘家戴庄制造了冀东地区最骇人听闻的千人坑大惨案。

1942年12月4日傍晚，驻防张各庄的日军骑兵队，得知我第一区队在程庄一带活动的消息，立即纠集张各庄、司各庄据点日伪军连夜奔袭。在潘家戴庄村北，遭到我部队伏击，损失一兵一马后，落荒而逃。第二天，驻张各庄日本骑兵队长铃木信率日伪军250余人，卷土重来。按驻唐山日军第二十七师团少将兵团长兼唐山防卫司令官铃木启久"彻底肃正该村庄"的命令，对潘家戴庄的百姓实施疯狂的报复，以枪杀棒打、锹铲镐砸、活埋火烧等极其残忍的手段，血洗了潘家戴庄。

青天白日，疯狂的屠戮天作证！黄天后土，血腥的暴行地作证！

— 093 —

灾难深重的1942年，丧心病狂的侵略者从人变成了兽，利爪下到处是累累的白骨。一天之内，就残杀了1280名无辜村民，其中妇女483名，孕妇63名，儿童385名。年龄最大的91岁，最小的还是未满周岁的襁褓中的婴儿。

有19名幼儿被活活摔死在石碌碡上，脑浆横流。

潘家戴庄，有25户被杀绝，31户成为孤寡；1030间民房被烧毁；全村财物被劫掠一空。

这个有着七百多年历史的古老村庄，骤然间变成一片火海，冲天大火持续烧了三天三夜，侵略者的"三光政策"，留下的是一片焦土和废墟。

在发掘出土的尸骨边，一张张良民证，让人蓦然心惊，这人类历史上罕见的大屠杀，侵略者面对的竟是手无寸铁的平民百姓。

1956年6月，中华人民共和国最高人民法院组织特别军事法庭，在沈阳对铃木启久等八名日本战犯进行审判。

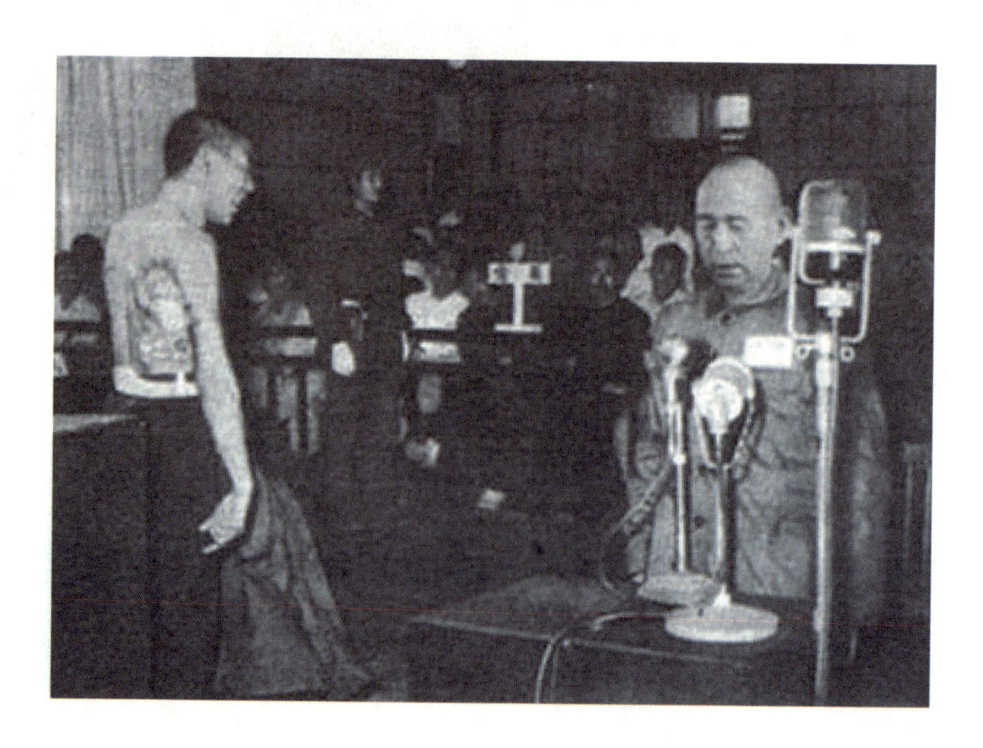

当年从日军埋人的大坑里爬出来，唯一死里逃生的村民周树恩，一家六口人惨死在千人坑，在特别军事法庭出庭作证。

这是正义的审判，声声血泪，凝聚着民族深深的悲愤，鞭打着侵略者罪恶的灵魂。在大屠杀的血证面前，战犯铃木启久认罪伏法，长跪不起。

1998年，潘家戴庄惨案纪念馆扩建，施工中又发现了两具尸骨。文物勘察发掘队开始对尸骨坑进行局部发掘，结果令世人震惊。在长坑东侧103平方米内发掘出尸骨个体21例，其中男性7例，女性2例，未成年人12例，之后又在长坑西南侧边缘发现尸骨5例，其中4例为儿童，再一次引起社会各界和国内外舆论的关注。

周树恩老人又一次讲述惨案经过，向中日人士展示他身上残留的疤痕，控诉日军的暴行。

潘家戴庄惨案纪念馆，是血泪写就的历史教科书。

六十年后重读，依然心痛。六十年一个甲子，隔着岁月的风烟回望，

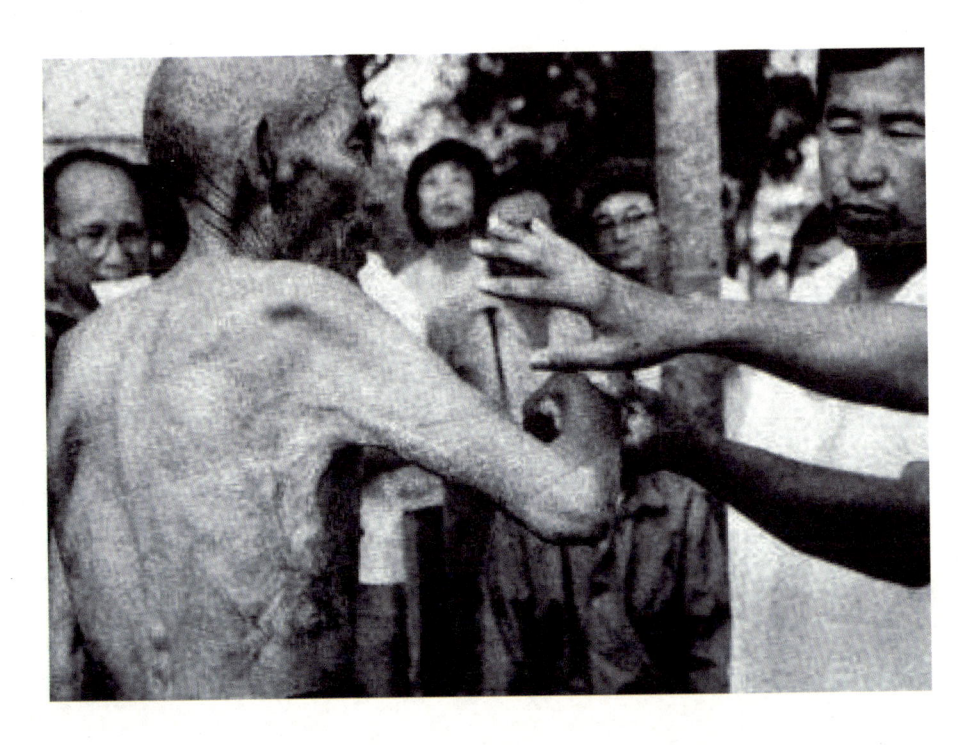

那些结结实实的生命，曾经在这片土地上，怎样地祈祷和平？

然而，隔海相望的日本，依然有隐隐传来的声音，为军国主义祭奠，为战争罪犯招魂。

1942年12月4日，这是一个多么酷烈的冬日啊，历史颤抖着，惊悸着，在这一刻凝固了，为一个灾难深重的民族深深叹息。一个民族的独立自主、繁荣强大是多么的弥足珍贵，唯有自强不息，昂首奋进，才能粉碎强盗的逻辑、霸权的凌辱……

走出潘家戴庄惨案纪念馆，我感觉耳边依然有钟声在响，钟声，穿过沉沉的暗夜，在脚下的土地回荡……

第四辑　和平年代

　　当年的小城仅有一条柏油路，那就是城中的主要街道中山路，路面只有十米宽，行人和车辆还不分道。第一条公交线路就设在这条路上，全程不足八公里……

炸不断的棉纱

解放初期的石家庄,又被称为纺织工业城,大兴纱厂就是龙头企业,且颇负盛名。

我在长篇小说《西柏坡》里,有章节写到了"石门工商业界代表座谈会",会议内容重要的一笔,就涉及大兴纱厂的兴衰史。

建国堂后台的化妆间,颇为宽敞明亮,被柯庆施临时动议,借来做了会议室。墙上悬挂着"石门工商业界代表座谈会"的横幅。横幅下,一排长桌,围坐着会议代表们。朱德已经换上了黄棉布军装。会场上的代表,有的穿棉袍,有的穿大氅,衣着较为考究。

会议正在进行中。

掌声过后,朱德伸伸手,示意大家静场:"一小时前,我刚刚从大桥街那边过来,没想到大白天的不少店铺还关着门,一问才知道,都是让哄抢打劫吓怕了。一个城市,如果商业运转不起来,它就是瘫痪的。先生们,情况不容乐观啊!"

场上的代表有所触动,互相交换着眼色。

"我的工作没有做好。"柯庆施检讨着。

朱德一摆手,示意他不必自责。他继续说道:"对于形

父亲的城市

势,我们并非没有估计。我们已经从中央和各解放区调集了三千六百多名干部进入市区,但现在看来,还不够啊!还得发动群众自己起来保卫这座城市。我听说正太铁路总机器厂的工人们,就自己组织了纠察团巡逻队,自觉地保护工厂,稳定生产。这是一种主人翁的意识啊。城市是我们自己的,我们不保护,谁来保护?我们不建设,谁来建设?"

人群中,有代表兴奋地欠起了身子。

"战争是暂时的,生产是永久的。经济建设是基础。我们打仗是为了什么呢?为的是生产建设。土改又是为什么呢?也是为生产建设。"

朱德的话语铿锵有力。

刚刚在大桥街,和朱德一行会过面的吴经理,此刻,眼神里有了笑意,微微颔首。

朱德顿了顿,继续说道:"我听说,咱们的大兴纱厂,在解放石门炮火最紧的时候,还在坚持生产,没有停工。今天到会的，有没有大兴纱厂的哪？"

一个戴眼镜的书生模样的人站了起来："报告首长，我是大兴纱厂的总工程师。我们厂长前天去了天津，考察那边的纱厂了，临走时特意嘱咐我，让我参加今天的会。"

朱德热情地打着招呼："哦，知识分子的代表啊，欢迎你。今后的城市建设，主要是靠你们啊！"

工程师推了推眼镜："刚才听了首长们的讲话，我很受触动。我也想谈谈自己的感受。我是去年才来到大兴纱厂的，虽然时间不长，却经历了大兴纱厂的改朝换代。在这里，我只想说一件事。清风店战役之后，有个国民党军官找到我，当时我主管厂里的设备，他说大兴纱厂的烟囱太高，正好是共军炮击的目标，要把我烟囱拆掉一半……"

人群中有了轻微的哄笑声。

父亲的城市

工程师摊开手："我一听就觉得很荒唐。如果把烟囱拆掉一半，抽风力量自然不够，就不能再发电了，纱厂一断电，还会影响到全市的用电。大概是因为后果太严重了吧，他也只好作罢。纱厂的烟囱总算保住啦。"

人群中的哄笑声更响了，有虚惊一场的释然感。

工程师的神情有些忧郁："现在大家能把它当笑话来听，可那时我真着急呀。想想念书的时候，满腔的抱负，渴望实业救国，可到了现实中才知道，百无一用是书生啊。有热情能怎么样？有技术又能怎么样？问题是，谁又真正关心我们的民族工业？"

会场静了，在座的代表似乎都勾起了思索，表情严肃起来。

生逢乱世，身如飘萍，哪一家民族工商业不是载浮载沉？

第四辑 和平年代

大兴纱厂，民国十一年二月破土，当年十月即投产。兵荒马乱之年，时局动荡，大兴产的"山鹿"布，仍能与英国、日本产的洋布抗衡，且等价出现于市场。

卢沟桥事变后，大兴纱厂拟南迁汉口，设备尚未来得及拆迁，华北即已沦陷。纱厂的小股东张格，为侵吞产业竟卖身投靠，当上了石门市伪市长，"大兴"自此走向"大衰"。

抗战末期，日军为制造杀人武器，在沦陷区发起献铁献铜运动，大兴被拆毁纱机一万五千锭，几致瘫痪。待日军投降，纱厂已破败不堪，满目疮痍……

工程师抬起头，又推了推眼镜："我还想说，直到十一月十二号，解放石门的炮火最猛烈的时候，我们大兴纱厂的机器还在轰隆隆地转着，没有停工。倒是解放的这天当晚，国民党的飞机狂轰滥炸，大兴的十一座货栈，就被炸毁了九座，

父亲的城市

织布工场全炸毁了。解放军代表和工人们紧抢慢抢,总算抢出了三万多匹布……"

朱德神色凝重。

工程师深情而诚恳地说:"我说这些,只是想表达一个心愿:我们这些搞技术的,最盼的就是国家稳定,能好好做点儿事情,把我们的民族工业搞上去。如今,石门解放了,我希望我们的民主政府能切实地关心生产,好好抓一抓经济。如果经济不能振兴,民族振兴也是一句空话。"

朱德带头鼓起掌来:"谢谢你呀,工程师同志。你给我们上了一堂课哟!如果有机会,应该把你请到我们各个解放区去,让大家都听一听……是啊,如果我们没有能力把经济搞上去,让人民过上好日子,我们也就在城市站不稳脚跟。那时候,不等你们轰,我们自己也就灰溜溜地走喽。"

会场上，掌声和笑声交织成一片。

柯庆施接过话来："恐怕那时候，最先卷铺盖卷儿的是我哟。"

会场上又是一阵笑声。

柯庆施的声音很诚恳："我的工作中，确实有不少失误。前几天我见到了少奇同志，他特别提到，我们的《新石门日报》上，曾经连篇累牍地刊登了游斗工商业者的报道，他看了很生气。他说：城市贫民游斗工商业者，虽然不是市委的指示，但作为正面报道上了头版头条，也等于为这种错误行为摇旗呐喊了……"

柯庆施说到这儿，站起身来："在这里，我要再重申我们的政策：我们不仅保护私营工商业，而且鼓励私营工商业的发展。为此，我也要向在座的代表们做个检讨，希望得到

父亲的城市

大家的谅解。并恳请大家,继续监督我的工作。"

柯庆施弯下身,向大家鞠了一躬。

朱德笑着,欣慰地看着柯庆施。

会场上响起了更加热烈的掌声……

小说的这一章节,描述的是1947年初冬时节,石门工商业界代表座谈会召开的情形。那时,我的父亲还没有进城,还在冀中军区第十军分区野战医院。当年的石家庄大石桥、大桥街老街景以及大兴纱厂生产和企业外观的系列照片,都是父亲进城后为熟悉这座城市翻查整理历史资料时的翻拍留存。

据史料记载,第一次世界大战之后,石门的民族工商业随着交通、矿业的发展也相继发展起来,大兴纱厂是当时规模最大的一家。它是该地区近代工业的先导,也是中国内地近代纺织工业发展的一个典型。

父母的结婚证

我的父亲母亲,至今还珍藏着半个多世纪前的结婚证,彩色印刷,尺寸八开。结婚证颁发日期清晰地显示:1957年4月12日。这是中共中央人民政府委员会第七次会议通过的《中华人民共和国婚姻法》颁布的第七个年头。那年,我的父亲二十七岁,母亲二十二岁。

从这两张结婚证的底色里,还能隐约看到四个美术字:互敬互爱。

半个多世纪过去，字迹虽有些淡了，但其间的殷殷叮嘱，却让人感慨良久。

我曾在长篇小说《天安门》里，写到了1950年4月13日出版的《人民日报》头版头条位置刊发《中华人民共和国婚姻法》的情节，这是新中国人民政治、经济、文化生活中的一件大事，对后世影响深远。虽说中央人民政府开了会，国家第一次有了婚姻法，讲究婚姻自主、婚姻自由，但百姓们沿袭了几千年的聘娶习俗一时还难以扭转。用当时的老话说，男不亲求，女不亲许。因此，亲友间牵线搭桥，成为人们更乐于接受的一种交往方式。我的父亲母亲，就是经我在铁路上工作的姥姥的同事介绍，最终走到了一起。

那年，我的父亲刚转业进城不久，在省三院做了医生，母亲在这座城市的建筑公司做会计。父母亲领取结婚证后,一起走进照相馆,拍了一张结婚照。

这张结婚照,连同结婚证一起完好地保存了半个多世纪。父母亲听说我想把这张结婚照放到书中,起初都不太同意,原因很简单。父亲说,那是他脱下军装进城后拍的第一张便装照,他当时还很不适应,那段时间他穿上便装总感觉别扭,有种说不出的失落。对于少小离家参加八路军的父亲来说,离开出生入死的老战友,离开部队大家庭的怀抱,确实需要一段适应期,毕竟这座城市对他而言,还很陌生。而我的母亲,刚刚从河北定县的小县城走进这座城市,站在镜头前难免有些拘谨。

如今看遍了世上千姿百态的定情照、结婚照和时尚婚纱照,我的父亲母亲的结婚照多少显得过于严肃和青涩,就像冀中平原上两棵青枝绿叶的树,根须相连,依傍在一起。

父亲的城市

天空出彩霞呀

我童年时，特别喜欢一首歌曲，现在也能哼唱几句："嘿啦啦啦啦嘿啦啦啦，嘿啦啦啦啦嘿啦啦啦，天空出彩霞呀，地下开红花呀，中朝人民力量大，打败了美国兵呀……"

那欢快的节奏，昂扬的情绪，深深地感染了我，以至于很多年后，我也想创作一些歌词，就渴望自己心里的欢快劲儿被演唱出来，正如

孟子所云：独乐乐不如众乐乐。

　　我喜欢的那首歌，其实是电影《铁道卫士》的插曲《全世界人民团结紧》，以抗美援朝为背景展开的歌曲。后来我又从中学语文课本上读到了作家魏巍的报告文学《谁是最可爱的人》节选。最可爱的人，从此成了中国人民志愿军和中国人民解放军的代名词。

　　从1950年10月19日中国人民志愿军赴朝参战部队跨过鸭绿江，到1953年7月27日双方在朝鲜停战协定上签字，历时两年零九个月的抗美援朝战争胜利结束。那时正值新中国诞生之初，积疴沉重、百废待兴，而这时，一场新的战争的到来，又考验着我们的意志和决心，当保家卫国的集结号吹响，全国人民行动起来了，各地掀起了为抗美

父亲的城市

援朝前线捐赠热潮。多年以后，我从有关资料中了解到，石家庄各界民众为抗美援朝捐款近百亿（旧币），大大超过了原定捐购"四架战斗机和一门高射炮"的捐款计划。

也就是在这个阶段，身在部队野战医院的父亲，因为在宣传和文艺方面的才能，常常被部队抽调出来参加会演等文艺活动，有机会接触到《晋察冀画报》等报刊，他反复揣摩新中国第一代摄影家们拍摄的照片，几乎到了疯魔的程度。父亲进城后，请教过很多摄影界的前辈，也请教过报刊摄影记者，他见到摄影佳作便翻拍下来，仔细琢磨如何构图、如何正确曝光等等，小城抗美援朝游行队伍的系列照片，就是父亲最初翻拍的习作。父亲坦诚地说，翻拍这些照片时，他还掌握不好正确的曝光量，所以翻拍了一次又一次……

就像绘画之初的临摹，就像写作之初的练笔，父亲渐渐地也琢磨出了一些门道，上世纪60年代初，父亲就在小城渐渐地有了名气，屡屡被抽调出来策划筹备展览……

第四辑 和平年代

纪念石家庄解放六十周年暨石家庄日报社六十华诞庆典的大型特刊《甲子——共和国第一城新闻年鉴（1947—2007）》中，选用了父亲拍摄的若干幅历史照片，其中一幅《抗美援朝胜利后，朝鲜人民军代表来石家庄慰问》的历史照片，标注着父亲摄影并提供。

父亲仔细回忆过，很认真地说，这张照片不是他拍摄的，而是他早年的翻拍。当时编辑挑选了他拍摄的一些历史照片，他没有细看，是他的失误所致，和编辑无关。父亲嘱咐我，顺便予以更正。

时光的动力火车

大平原深处的这座小城,因铁路而兴起,随着一百年前卢汉铁路在此设站、正太铁路全线通车,这座火车拉来的城市也轰隆隆运转,驶向了现代文明的进程。2012年冬天,老火车站退役,新火车站启用,人们纷纷冒雪赶来,为老火车站送行。那情形,很让人感动。

第四辑 和平年代

在整理父亲上世纪 50 年代拍摄的黑白历史照片时，我发现这座城市声援抗美援朝的游行队伍中，有一辆展车展示的是当年石家庄动力机械厂造出的蒸汽动力火车头模型，隔着漫长的岁月回望，仿佛还能听到那涂着红漆的车轮切切转动。

这座城市解放的第二年，动力机械厂诞生，它是全中国第一家由人民政权建立的机械制造企业，中共中央副主席刘少奇、国务院总理周恩来先后到厂视察。城里人都亲切地称这家厂为"动力"，动力厂有动力，很快就造出了蒸汽动力火车头。

父亲说，当时他还在部队，恰好进城办事，在游行队伍里看到动力火车头的那一刻，就萌生了拍摄下来的冲动，但他没有相机……

那段时间，他跟战地记者初学了摄影，正是跃跃欲试的阶段。我曾在一篇散文中写过："也就是在这个阶段，身在部队野战医院的父亲，因为在宣传和文艺方面的才能，常常被部队抽调出来参加会演等文艺活动，有机会接触到《晋察冀画报》等报刊，他反复揣摩新中国第一代摄影家们拍摄的照片，几乎到了疯魔的程度。父亲进城后，请教过很多摄影界的前辈，也请教过报刊摄影记者，他见到摄影佳作便翻拍下来，仔细琢磨如何构图、如何正确曝光等等，小城抗美援朝游行队伍的系列照片，就是父亲最初翻拍的习作。父亲坦诚地说，翻拍这些照片时，他还掌握不好正确的曝光量，所以翻拍了一次又一次……"

父亲说，他看到游行队伍中

父亲的城市

动力火车头的照片时，很是欣喜，竟有一种老友重逢的感觉。所以，他毫不犹豫地就翻拍了下来。

时光的动力火车，轰隆隆远去了……

短短的一个世纪，我们告别了蒸汽机车、内燃机车，还会告别电力机车，迎接我们的将是混合动力火车、低碳电池动力火车、磁能动力火车、氢动力火车……

然而，每个人的心中都会有一座站台，那里铺设着铁轨、枕木，矗立着桥梁、车站，还有鸣响着汽笛、喷吐着白雾、从久远的记忆中驶来的蒸汽动力火车头。

在上海锦江乐园老站茶餐厅，有一辆曾经在云南米轨上运行的小火车，如今已被改装成小餐厅。那小小的蒸汽火车头似乎能带我们去往美好的岁月，这列火车头叫窄轨蒸汽机车，上世纪50年代由石家庄动力机械厂制造。

世界上唯一正常运营着的客运窄轨蒸汽火车，还奔跑在四川乐山犍为县城北15公里的嘉阳煤矿芭石铁路上，被称为"18世纪工业革命的活化石""原生态的工业革命活景观""奔跑着的工业革命博物馆"，至今还保留着蒸汽时代的加煤、制动、扳道等手动操作方式。由于其轨距为76.2厘米，仅为普通列车轨距的一半，因此也被称为"寸轨"火车。嘉阳小火车1953年由石家庄动力机械厂生产，已变身为旅游观光专列。

我从有关资料上看到介绍：从 20 世纪 90 年代初开始，老矿区的煤炭资源逐渐枯竭，小火车开始改为客运。2006 年 4 月，嘉阳小火车被政府以工业遗产的形式命名为文物单位来保护后，当地探索煤炭附属产业、旅游业等业态共同发展的道路，通过供给侧改革求发展。2015 年，乘坐嘉阳小火车的游客竟达 13 万人次，可见人们对蒸汽小火车的喜爱。每年三四月份，当小火车鸣响汽笛穿行在开满油菜花的田野时，眼前如诗如画……

父亲的城市

扛着梯子的公交车

和平年代，我的父亲依依不舍地脱下军装，转业走进了这座开国之城。离开部队大家庭的父亲就像离群之雁，幸好有先期转业进城的战友相互看望走动。那时，部队还没有发放安家费的规定，战友看父亲两手空空，索性把心爱的相机借给他摆弄……

回忆起往事，父亲不胜感慨地说，当年的很多黑白历史照片，都

第四辑 和平年代

是他借助战友的那架柯达127型相机拍摄的,其中就有这幅小城的第一辆公交车运营。

我写这辆公交车时,曾在三个题目间徘徊:扛着梯子的公交车,背着站牌的公交车,抱着条凳的公交车……句句据实描述,却又感觉难以概括。我在打电话向父亲询问相关细节时顺便说出了心中的犹疑,没想到电话那头父亲笑呵呵地说了句俏皮话:扛着,背着,抱着,还不都一般沉?父亲说得在理。小城1956年上路的第一辆公交车,就是国产电影《芳香之旅》里的那种大篷车,百姓们都称它为"大鼻子客运"。

称它大鼻子,是因为这辆公交车还是由卡车改装而来的,车顶加装的其实是帆布顶篷,顶篷上还有只四四方方的驮运行李的固定架,车厢里摆放两只长条凳,车后背着一架铁梯子,匆匆忙忙就跑起了运营。每逢到站,售票员都要打开后门,用铁钩子将铁梯子摆放好,然后扶着乘客从一米多高的车厢里下来,再收拾好梯子上路。简易的公交站牌也是早班车提前摆放好,晚间末班车再沿途装运回去。那情形,就像跑跑颠颠、婆婆妈妈、忙前忙后的家属委员会小脚老太太,样子有些滑稽,古道热肠却让人感动。

父亲的城市

  当年的小城仅有一条柏油路,那就是城中的主要街道中山路,路面只有十米宽,行人和车辆还不分道。第一条公交线路就设在这条路上,全程不足八公里,这座城市的报纸曾介绍过当时的具体站点:新中国电影院、人民商场、华北烈士陵园、火车西站、和平医院、空军医院、八一站、北杜村、气象台、动物园,从这些站点可大致了解当时城市的风貌。

  前些年,这座城市的多家报刊曾集中刊发过父亲当年拍摄的历史照片,其中就有这张第一辆公交车运营的照片,并片断整理了父亲的口述实录。我原本想从报刊上直接摘录,鉴于每篇文字都选自不同的角度,为了叙述的完整,所以我在父亲讲述的基础上,部分选取了相关史料重新进行了归纳整理。

第四辑　和平年代

远去的人力车

　　以往的岁月里，父亲翻拍了很多清末和民国时人力车夫题材的老照片，引起了我浓厚的兴趣。比如这幅清太宗皇太极的兄长代善的直系子孙后代，在清朝灭亡后承袭了"铁帽子王"称号的晏森拉人力车的照片。晏森家族的王位已经传了十三世了，更是传了十七个王，晏森就是这最后一个铁帽子王，他继承这个王位时十四岁。但随着大清朝的灭亡，王爷也得吃饭哪，为了生计，晏森不断地变卖家财，不得已卖了自己的祖宅，最后连自己的祖坟也卖了，咬着后槽牙拉起了人力车。
　　风水轮流转，再难也得生活不是？晏森的故事让我惊叹，及至赞叹。老天饿不死瞎家雀，有手有脚有把子力气，走到哪儿都能活人！看着这位前清铁帽子王挺直腰板拉着人力车，真忍不住想喊声"好样的"！
　　老北京有讲究，王府家住的是广亮门，商贾家住的是蛮子门，官人家住的是金柱门，百姓家住的是如意门。昔日的铁帽子王，拉着人力车路过自己从前住过的广亮门前，就敢稳稳当当地坐在车把儿上，开开心心地笑着留个影，这是怎样的一种宠辱不惊、豁达从容啊！
　　你瞅瞅，这位爷，一副好排面，还一副好身板，故事还励志，精神还健康。由不得你不竖大拇哥！我以为，是铁帽子王的故事感动了父亲，但后来，看到父亲的镜头翻拍了越来越多的车夫哥，不免心中

父亲的城市

疑惑。初时不知其意，经询问才得知，父亲有个未解的心结。

父亲第一次进城时，小城刚刚解放，人力车夫小跑着，喜滋滋地吆喝着行人。让他感受到了新生活的朝气和活力。那时，他刚刚跟负伤的战地记者学习了摄影，手正痒痒，心更痒痒，正是摩拳擦掌、跃跃欲试的当口，真想拍几张人力车夫跑过街道的照片。可惜，自己没有相机。几年后，当父亲转业走进这座开国之城，他为自己添置了第一件家当照相机后，父亲忽然发现，政府已经安排人力车夫转了行当，小城里一辆人力车也不见了……

说起人力车夫转行，那可是城市接管所面临的相当棘手的问题，对于迅速稳定社会秩序、经济秩序起着决定性作用，看似一件小事，却是我党执政初期面临的主要考验，也是检验我党执政能力的重要机遇。我创作长篇小说《西柏坡》时，有幸从《石家庄文史资料》中读到一篇城市领导干部口述回忆柯庆施市长略施巧计、缓解安排人力车夫"就

— 122 —

第四辑 和平年代

业难"问题的文章，很是欣喜。

为此，我在小说中设计了一个人力车夫的角色——王石生，小名"王石头"。在小城生活过的人，对"石生"这个名字一定不陌生，我读小学时，班里就有同学叫曹石生，外号"曹胖子"；我的邻居兼同事、著名的电视文艺导演夏岛，原名就叫夏石生。于是，我就安排朱德总司令和石家庄市市长柯庆施走上街头，让他们和人力车夫遭遇，真实碰撞：

　　朱德身着便装，和石家庄市市长柯庆施及陪同人员漫步在街上，边走边聊。
　　一个人力车夫从他们身边经过，忽然停了下来。

人力车夫打量着柯庆施："是……柯市长吧。"

柯庆施站住了脚："哦，你是……"

人力车夫一撸帽子："不认识我啦！上个星期，您不是还坐着我的车，绕世界转吗？"

柯庆施认出了人力车夫，乐了："哦，是王师傅吧。"

"咳，别叫我师傅，王石生，小名王石头。"

柯庆施摸着口袋："对了，王师傅，上次坐车，那么大老远的，你也没收钱，今天可要补上。"

"咳，您这不是寒碜我吗？"王石生忙放下车把，伸手拦着，"要不是您坐着我的车，从同乐街到民生街，从大桥街到朝阳路，可街筒子转，我们这帮穷拉车的，现在还不得喝西北风去？"

朱德在一旁听得津津有味。

"怎么，今天还坐车吗？"王石生注意到了柯庆施身旁的客人，"要不，我再招呼来一辆？"

"改天吧，改天我还想好好逛逛咱石家庄哪。"柯庆施笑着。

"那就不耽搁您啦。"王石生抄起车把，"以后您要是坐车，就招呼一声。"

"好嘞。"柯庆施爽快地应着。

望着王石生远去的背影，朱德笑道："不错嘛，这么快就交上工人朋友啦！"

陪同人员笑了："朱老总，您不知道，刚解放那会儿，别的行当说开业也就开业了，可人力车夫却失业了。人们都不敢坐人力车，怕说那是剥削人，压榨人。"

"哦？"朱德颇有兴味地听着。

"还是我们柯市长有办法，专门坐着人力车，在最繁华的朝阳路上跑了几个来回,引得一街的人看热闹。这下好了,市长坐了人力车,人们也都敢坐了。"

"招摇过市,好办法呀。"朱德笑起来。

柯庆施也笑笑:"这也是没有办法的办法。石家庄虽说是个大城市,可没有电车,自行车也很少,主要的交通工具就是这人力车。如果这人力车不让坐,老弱病残的,就真没有办法了。再有,政府眼前,确实还没有能力安排这上千的人力车夫转行当,他们一失业,老婆孩子怎么办?这又是个很棘手的社会问题呀!"

朱德赞许地点点头:"做得好。我们共产党人讲究实事求是,最反对的是教条。在城市建设中,尤其要注意这一点。"

不知不觉,一行人已走到了大桥街,眼前,赫然出现了一座大石桥,它横跨东西,宽阔雄伟,甚为壮观。

朱德禁不住赞叹了一声。

父亲的城市

父亲当时还翻拍过一张历史照片,是1948年1月1日颁布的《石家庄市政府布告》,虽是翻拍,但已成为绝版收藏。

英国哲学家罗素1920年曾应邀来到中国讲学,他看到街上的人力车夫汗流浃背地小跑着,歇下来的时候就到井口打一桶水洗洗脸,然后从自己的腰包里掏出一只皱巴巴的黑馒头,哼着戏曲小调吃起来……

这是一种自自然然的、源于生命本真的喜乐,即使是在最艰难的境遇中,他们也能自然地拥有着这份喜乐。正是从这种淡然自得的生活态度中,罗素深切地感受到:中国人有一种冷静安详的尊严。

我告诉父亲,正是他翻拍的这些老照片,让我得以隔着世纪的风云,重新打量这些人力车夫们,看他们沧桑之后依然真淳、质朴的笑容,还有艰难时世中所葆有的乐观与豁达……

第五辑　艰难时世

　　遥想共和国建立之初，劳动者们意气风发，热情澎湃如潮，那嘹亮的歌声、喜庆的锣鼓声和节奏铿锵的劳动号子声汇成了气势磅礴的时代交响乐……

第五辑　艰难时世

倾听劳动者的歌声

当我沉浸在过往的岁月，埋头整理父亲拍摄的黑白历史照片时，不知不觉就到了春末夏初。也许是巧合吧，当我看到半个多世纪前的劳动节庆祝大会场景时才发觉，眼前又一个劳动者的节日就这么静悄悄地来临了，甚至没有嘹亮的歌声和喜庆的锣鼓……

父亲说，这张照片摄于1957年的劳动节，距第一个五年计划（1953~1957）的完成只有半年时间了。参会的军民代表们借着会前的

父亲的城市

间隙展开了拉歌，驻军首长率先指挥军营方阵起立放歌，小城建设者的方阵立刻响应。当时，就因为镜头前都是生龙活虎的背影，无法拍摄，等主持人宣布场上肃静，父亲揿响相机快门时，已错失了会前拉歌的精彩瞬间。

父亲当年看到新华社记者拍摄的一张照片，非常喜欢，就翻拍了下来。画面上是河北工学院师生试制成功第一台木制机床的情形。从照片上可以看到，上世纪 50 年代的大学生穿着很有特点，风度和气质

第五辑 艰难时世

丝毫不输给如今的年轻人。当时是 1958 年 5 月，中共中央提出"鼓足干劲，力争上游，多快好省地建设社会主义"的总路线。很多年后的今天，我从网络上看到一道党史考题梳理：这条总路线是中国共产党探索中国式的建设道路的一次尝试。其正确的一面，是反映了广大人民群众的迫切要求改变经济文化落后状况的普遍愿望。在实际建设中，人们容易注意"多"和"快"，而忽视"好"和"省"。

遥想共和国建立之初，劳动者们意气风发，热情澎湃如潮，那嘹亮的歌声、喜庆的锣鼓声和节奏铿锵的劳动号子声汇成了气势磅礴的时代交响乐。父亲又翻开家国相册，说刚刚迈进第二个五年计划的 1958 年春，这座城市的铁工厂正式更名"石家庄水泵厂"。中央曾在 1957 年召开的全国农业机械化会议上宣布：石家庄铁工厂为全国六大水泵生产厂家之一，负责河北、山西、内蒙古、江西等五省的大型水泵的供应。

父亲的城市

父亲说,他至今还记得当年的情形,工人们喊着劳动号子,将水泵抬上了自制的载重车,敲锣打鼓地走上了街头,向工业局报喜,向这座城市的人们报喜。

我在网上查找当年的史料,却一无所获。这张普通得不能再普通的黑白照片,却记载了一个与共和国同龄的企业曾经最辉煌的一座里程碑。

记得鲁迅曾经说过:"人类在未有文字之前,就有了创作的……假如那时大家抬木头,其中有一个叫道'杭育杭育',那么,这就是创作。"我的藏书里,有一本我深爱的草绿色封面的《九叶集》,其中九叶派诗人曹辛之,笔名就叫"杭约赫"。

岁月远去了,有时候我们常常会感觉疲惫,那么就让我们静一静,倾听劳动者的歌声吧,还有那热情昂扬的劳动号子,振奋人心的喜庆锣鼓声……

第五辑　艰难时世

母亲的花样年华

　　好的影像，常常能让我们感受到细节的力量。就像王家卫导演的《花样年华》，即使多年以后已淡忘了情节，但那雨巷中摇曳的一款一款的旗袍，却依旧分明地浮现在眼前，不由得想起海派作家张爱玲的一句话："对于不会说话的人，衣服是一种言语，随身带着的一种袖珍戏剧。"而在我的父亲用镜头所定格的那些美好瞬间里，一颦一笑、一景一物、一举手一投足，也无不隐含着那个时代的动人细节。

　　我的母亲和邻居邵姨的这张合影，曾被称为上世纪"典型的老上海风情时装照"，同时兼具有"民国时期的传奇色

彩"。其拍摄地点不是别处，就是我父母居住的这座开国之城的纺织大院。母亲的西装外套、拎包和邵姨的披肩、开司米毛衣，在当年的小城很普通又很流行，并不觉得与那个时代格格不入，用如今的话说，毫无违和感。

说起上世纪五六十年代的服饰，人们惯常用灰暗色调来形容，仿佛"眼前一片灰，外加蓝和黑"，其实完全不是如此。解放初期的开国之城，纺织工业被列为国家重点建设项目。小城的和平路上，从棉一排到棉五的棉纺织厂，被誉为棉纺企业的"五朵金花"。纺织女工们大都是从上海、天津等大城市援建来的大中专毕业生，忽如一夜春风来，千树万树梨花开。这座"名字带着泥土香"的小城，骤然变了画风。我们的家就坐落在纺织大院里，走进温馨的楼道，像走进老上

第五辑　艰难时世

父亲的城市

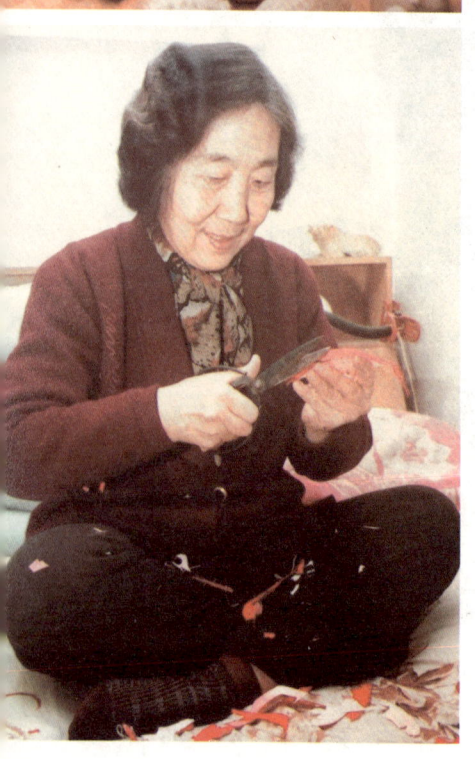

海的城隍庙，迎面打招呼的都是操着吴语的阿婆、阿娘、亚叔……

是都市吹来的服饰风，唤醒了大平原深处的这座小城。母亲的花样年华，也绽放了她心中蕴藏的旗袍情结。几乎和那个年代所有的爱美女性不同，母亲的旗袍都是她自己设计、裁剪、缝制的，她的生命注定要和"纺织"结缘。照片上母亲的这身旗袍，就是她依照自己的审美眼光和气质特点设计的款式，然后选取面料度身操刀的，我的父亲又锦上添花，一展他的刺绣才艺，为这件旗袍绣上了盛开的花朵和翩飞的蝴蝶。

母亲不是裁缝，却以裁剪缝纫在纺织大院里闻名，她不仅能缝制长旗袍、短旗袍、夹旗袍、单旗袍，还能缝制列宁装、西装、风衣和布拉吉。我们兄妹仨，都是穿着母亲缝制的衣服长大的。楼下的三三、毛五从上海捎来什么新款式，母亲比比画画地琢磨一个晚上，就能依葫芦画瓢地缝制出一件来，除了布料和颜色简直辨不出雌雄。在我的记忆里，家中很早就有了缝纫机，而后的光阴里，缝纫机总是哒哒哒地响个不停。

隔着漫长的岁月回望，母亲就是一个时代的缩影。她勤书画，善女红，一把灵巧的剪刀，一笔娟秀的字迹。想起童年，

— 136 —

想起母亲，记忆里的缝纫机又哒哒哒地响起来，那是岁月深处传来的钢琴曲，旋律像叮咚的流水，亲切又熟悉。

我曾在散文《陈芝麻》里写道："母亲有双巧手，描龙龙飞，绣凤凤舞；蒸花馍，能蒸出一锅猫狗虫鱼；剪窗花，能剪出一屋俏丽春光。有一年，我们城市的晚报，曾以整版的篇幅，图文并茂地介绍了母亲和她的剪纸、花馍，让平平淡淡了多半辈子的母亲着实风光了一回……"青春匆促，韶光易逝，好在有父亲的相机，剪得韶光入卷来，让母亲的花样年华，在光阴里永驻。

父亲的城市

为生活着色

　　父亲说，我小时候模样乖巧，安静得像个女孩儿，母亲曾用火筷子卷烫了我的头发，找出毛线织的围巾包在我的头上。而父亲会在每次拍照之后，精心地为我开心的笑容、浅蓝色头巾、藕荷色小罩衣着色。守着一个会摄影的父亲，黑白岁月里，我的童年也有了色彩。

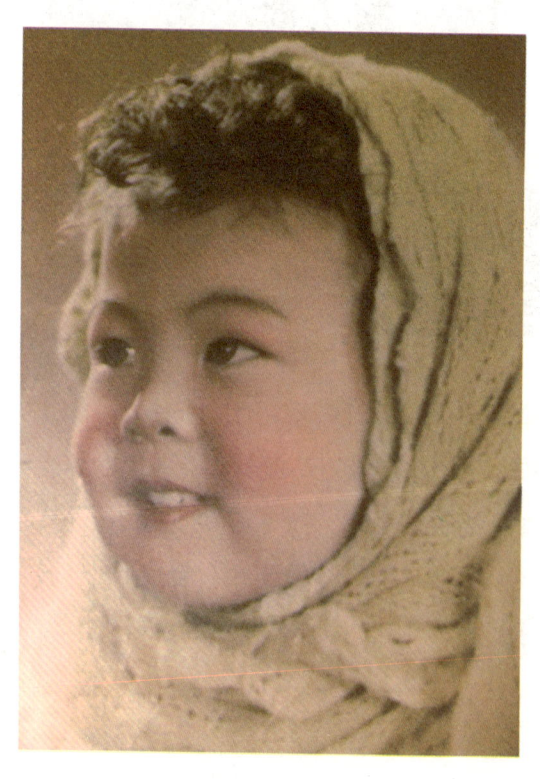

　　其实，黑白照片的手工着色技艺，因其有着自身独特的美，远在彩色胶卷问世之前，就已成为一种艺术形式，且广为流传。我童年的黑白照片经父亲着色后，几乎每张都被这座城市的照相馆借去，摆进橱窗，相比如今的彩色照片，其影调更为温馨柔和，悠远中更平添了一种韵味。保存至今，虽历经岁月风雨，色彩依然饱满生动。

第五辑　艰难时世

父亲自幼喜欢涂鸦，在他离家参军之前，村里的婶子大娘们就常常找他描窗花，绘枕套，画鞋样。父亲走进八路野战医院后，成了一名卫生兵，他照顾伤病员之余，又担负起了墙报宣传任务，负伤的战地记者就是看到他的绘画才能，才萌生了教他摄影的想法。

父亲所在的部队转战南北，1952年在安国县，父亲手绘的毛主席画像受到首长和战友们交口称誉；1953年在高阳县，时逢斯大林逝世全县军民召开追悼大会，军地首长特意安排我父亲为斯大林画像，并悬挂在主席台上。父亲的绘画，也为日后他给黑白照片着色奠定了基础。

战地医院的艰苦生活滋润了父亲的灵感。有一次他为伤员配药时，望着药剂瓶突发奇想：用于创伤冲洗的雷夫奴尔（利凡诺）是黄色，急救药物美兰（亚甲蓝）是蓝色，外伤消毒剂汞溴红（红汞）是红色，不正是美术三原色吗？父亲为黑白照片着色的三部曲，就这样在药液中浸润并氤氲开来；后来，市面上出现了专为黑白照片着色用的水彩颜料簿，着色更便捷了；再后来，盒装油彩颜料流行于世。到我出生时，父亲的着色技艺也日趋成熟。

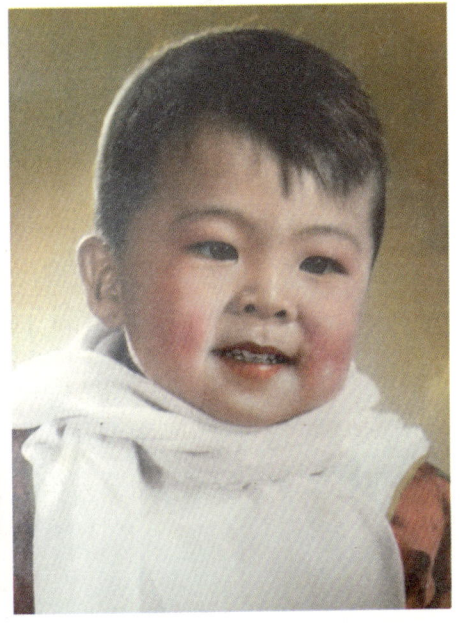

父亲的城市

父亲为我拍摄、着色的那张卷头发的"女孩儿"照片，几乎以假乱真，成为当年的一段趣话。父亲说，照片拍摄完成后，要先用铅笔修底片，照片洗印出来后，再用毛笔修去一些瑕疵和黑白斑点。黑白照片的手工着色，也是对黑白照片的二次创作。

上海的照相着色技艺，曾受全国同行的赞誉。我查阅史料得知，上海的"黑白照片手工着色"始于清同治十二年（1873年）初，当时三马路苏三兴已开始在照片上着色（见1873年1月1日《申报》的广告）；清光绪二十六年（1900年）前创设的耀华照相馆更发行着色的仕女照片。在中国，手工着色经历过两个高潮。一是在1919年五四运动之后，比如，大明星周璇留下的许多精美照片都是手工着色的产物；另一个高潮出现在新中国成立之后，那时的技术职称就有手工着色技师，还有手工着色技师评比大赛。

上世纪70年代，照相馆里，"黑白照片手工着色"是最受顾客喜爱的项目之一，仅以北京的大北照相馆为例，人工着色组就有二十七位师傅，比整个门市的摄影师还多。2014年，在"黑白照片手工着色技艺"入选北京市东城区第四批"非物质文化遗产"项目之机，大北照相馆也启动了"黑白照片手工着色技艺"的恢复工程。目前，全国各地已将"黑白照片手工着色技艺"列入非物质文化遗产项目，组织开展非物质文化遗产代表性传承人的推荐工作，黑白照片的手工着色技艺再一次走进人们的视野，调动起人们的怀旧记忆。

光阴流转，时至今日，黑白摄影展现的光影魅力越来越让人们留恋，人们在审美需求返璞归真的过程中，也见证了纯粹和朴素的力量。而在我的父亲走进开国之城的上世纪50年代，新的生活刚刚揭开帷幕，经历炮火洗礼的城市刚刚铺开蓝图，一切都是那么生动鲜活和美好，父亲更愿意用饱含深情的笔为生活着色，在黑白岁月里，还原生活的色彩。

艰难时世的持守

我出生后的第二年,就赶上了三年困难时期(1959~1961)。那段灾荒年月,似乎在冥冥之中注定了我这辈子的亏欠。听姥姥说,那时我一天到晚就会说一句话:"姥姥,我饿。"或许就是从那时起,我坐下了一种"怪病"。饥饿中长大的我,常常在睡梦里就饿醒了。时至今日,我仍不能平静地面对。说声饿,排山倒海般的洪水便袭来了,整个人仿佛被淘空了,晾晒在沙滩上。无论什么样的堤坝,都无法抵挡那时时袭来的饥饿的洪水。

后来我问过姥姥,那年月是怎么熬过来的?姥姥让我去问父亲,父亲的回答竟然只有两个字:读书。饿着肚子读书?我始终不敢相信,直到有一天,我看到了当年业余大学的师生合影。

如果不是照片上清楚地标注了日期:1962年1月28日,我委实无法理解父亲的"饥饿读书法"。三年困难时期,那可是三年哪,饥肠辘辘的父亲却默默地读补习班,读夜校,读到了业余大学。由此我也明白了"饥饿"和"读书"的关系:如饥似渴,废寝忘食,外韧之味,久则可厌;读书之味,愈久愈深。谁说书本不能当饭吃?

我曾在本书代序《父亲的城市》中写道:"这座城市可以作证,在那些暗淡的夜晚、苍白的日子和贫瘠的岁月里,童年没有读过书、仅从战争年代部队扫盲班完成了识字启蒙的父亲,凭着怎样的意志,

撑起疲惫而倔强的身躯，默默出入补习班和各种夜校，近乎贪婪地吮吸着艺术的甘露。于是，暗淡的夜晚有了光亮，苍白的日子有了色彩，贫瘠的岁月丰盈起来。上世纪60年代初，父亲就取得了业余大学的毕业证书。"

我查阅史料得知，在最困难的1960年，这座城市实施了口粮低标准和瓜菜代结合的政策，先是把棉仁饼、红黑枣、树叶、山药蔓、秸秆等当作代食品供应城乡居民，而后又把原来月人均16.1公斤的粮食定量标准，相继压缩到14.82公斤和14.5公斤。市委又专门召开了"吃饭大会"，在全市开展制造"野生植物淀粉""人造肉蘑菇"等代食品运动，并且推广"粮食增量法"。因长期营养不良，肝炎、浮肿、伤寒等一系列疾病在城乡出现。

业余大学的师生们拍摄这张毕业合影时，脸上的浮肿大多还未消

退。我特意截取了这张照片的局部,父亲就站在中排右四的位置。父亲有句话说得生动:那时候大家卷起裤腿儿,谁的腿上不是一按一个坑?即便到了1962年,理论上的三年困难时期已经过去,但这座城市的月人均口粮只有1.5公斤白面,其余全是玉米面、红薯等粗粮。

　　写到这里,我又感觉到饿了,下意识地看了看窗外,窗外早已是斜阳脉脉,家家户户掌灯时分,忽然想起高尔基那句话:读书就应该像饥饿的人扑在面包上一样。

阳阳的那只羊

记忆的柳条筐里,阳阳的那只羊又开始"咩咩"地叫了,一声声叫得好心酸……

阳阳是我的小妹妹,生于1963年,乳名羊羊,学名最初叫成羊,是后来取谐音才改名叫晨阳。经历过那段饥荒年月的人都知道,1963年更为难熬。理论上的三年困难时期已经过去,但当人们脸上和腿上的浮肿消退,才忽然发觉身体的亏空,胃伤得太重,吃什么都觉得腹中难受,那种伤痛是需要时间才能慢慢抚平的。寻常人尚且如此,孕妇的痛苦就更加难以想象,所以母亲生下小妹后,根本就没奶,小妹的口粮彻底断了念想。

小妹的哭声渐渐都有气无力了,父亲的战友祝耀儒伯伯转业回到了正定家乡,闻讯马不停蹄地送

第五辑 艰难时世

来了家中饲养的奶羊。从此父母上下班的路上,总不忘采一把草回来,奶羊渐渐瘦了,小妹渐渐长胖。父亲对母亲说,这孩子是喝羊奶长大的,羊羔跪乳,就叫成羊吧。

成羊像小羊儿摇摇晃晃地能站立了,我的父亲母亲决定送奶羊回乡。从石家庄到正定古城,大约十五公里的路程,如果穿越滹沱河的河滩,多少能节省些时间。父亲推着自行车在河滩上走着,身体微微还有些打晃儿,母亲在车后扶着柳条筐,柳条筐里是羊羊的那只救命羊。从眼前的这张照片,还能清晰地看到我的父亲眉头紧蹙,清瘦得几乎脱相。

母亲一路上感叹着时日的艰辛,感念着祝伯伯和那只羊的恩情,车轱辘话说了一河滩。

赤日炎炎,父亲母亲走了一晌午,走得饥肠辘辘,快到正定了,

父亲提醒母亲用相机拍摄下了这个难忘的瞬间。

多少年过去了,我记忆的柳条筐里,那只羊还在"咩咩"地叫,一声声叫得好心酸……

小妹成羊的名字,已改作了晨阳。不知她是否给孩子讲过"羊羔跪乳"的典故。她生命里的那只羊,给过她最初的乳汁。

明代《增广贤文》开篇吟道:"昔时贤文,诲汝谆谆。集韵增广,多见多闻。观今宜鉴古,无古不成今……羊有跪乳之恩,鸦有反哺之义。"

也许在这个儿童的节日里,他们一家去滹沱河的河滩上散步,还能找到当年父亲母亲推着那辆自行车送奶羊回乡的辙印……

第五辑　艰难时世

当灾难来临

　　进入夏季，地震的消息频频传来：6月17日，四川省宜宾市长宁县发生6.0级地震；6月18日，日本新潟县发生6.8级地震；7月3日，澳大利亚南部海域发生5.5级地震；7月4日，美国加利福尼亚州南部发生7.1级地震……而伴随着地震的频发，关于地震预警的实效性问题也引发了众多的热议。

　　灾难，总是不期而至，带给我们损失、伤害、伤痛和无尽的遗憾。我想起近年发生的四川雅安地震、青海玉树地震、四川汶川地震、云南耿马地震、河北唐山地震……就在我写这篇文章的此刻，四川宜宾长宁又发生4.6级地震，地震，地震……

　　而我关于地震的最早的记忆，还不是1976年的唐山大地震，而是早于它十年的邢台大地震。那是1966年3月，在长时间的久旱无雨之后，邢台隆尧县发生了6.8级大地震，邢台宁晋县发生了7.2级的大地震，大灾之后，漫天飘雪，周恩来总理第二天就火速赶到了灾区……

　　周总理乘坐的飞机，是在此次地震的"震中"隆尧县白家寨村北的打谷场上降落的。听岳母说，她家有亲戚就是白家寨人。地震的前一晚，春寒料峭，这家八岁的孩子听说妈妈腿痛，特意从姥姥家赶回来看母亲，说是要给妈妈焐焐被窝，一炕铺挤挤挨挨，孩子守着妈睡熟了……凌晨5时29分，蓝光闪过之后，八岁的孩子却永远地睡在了

父亲的城市

坍塌的废墟里。

地震后的白家寨一定是满目疮痍,走下飞机的周总理也是面容忧戚,浓眉紧蹙。我从父亲翻拍的老照片上,能感受到总理的鬓发明显地灰白了,我们的总理似乎就是从那一刻开始苍老的。灾难无情,雪落无声,百姓的苦,忧戚着总理的心。在视察了灾区的情况后,他立

第五辑　艰难时世

即做出指示：要尽快成立抗灾指挥部，让群众的生活及早恢复正常！

那时，邢台地区还在不断地发生余震，或者叫地震群。岳母说，那是她从天津卫生学校毕业，分配到邢台的省荣军休养院的第二年，三八节那天，她参加市里组织的三八纪念会刚刚回来，端起采血盘准备到病房去给患者采血化验。谁知刚走到院子里，大地就猛然间剧烈地摇晃起来，情急之下，她只能放下叮当作响的采血盘，转身抱住一棵大树……

我从资料上看到，那段日子里，继隆尧地震之后，邢台地区仅六级以上的地震就连续发生了五次，6.8级地震波及142个县市，7.2级地震破坏范围包括136个县市。这期间，周总理三赴灾区，听取灾情汇报和救灾情况汇报。常常是在总理和县委干部的谈话中，就会突然发生强余震，房屋摇动，门窗骤响。大家担心总理的安危，劝他去避一下，但每每这个时候，总理都异常镇静，他总是不慌不忙地安抚好大家，又继续商讨处理伤员转送、救灾物资供应等紧迫的问题。

父亲的城市

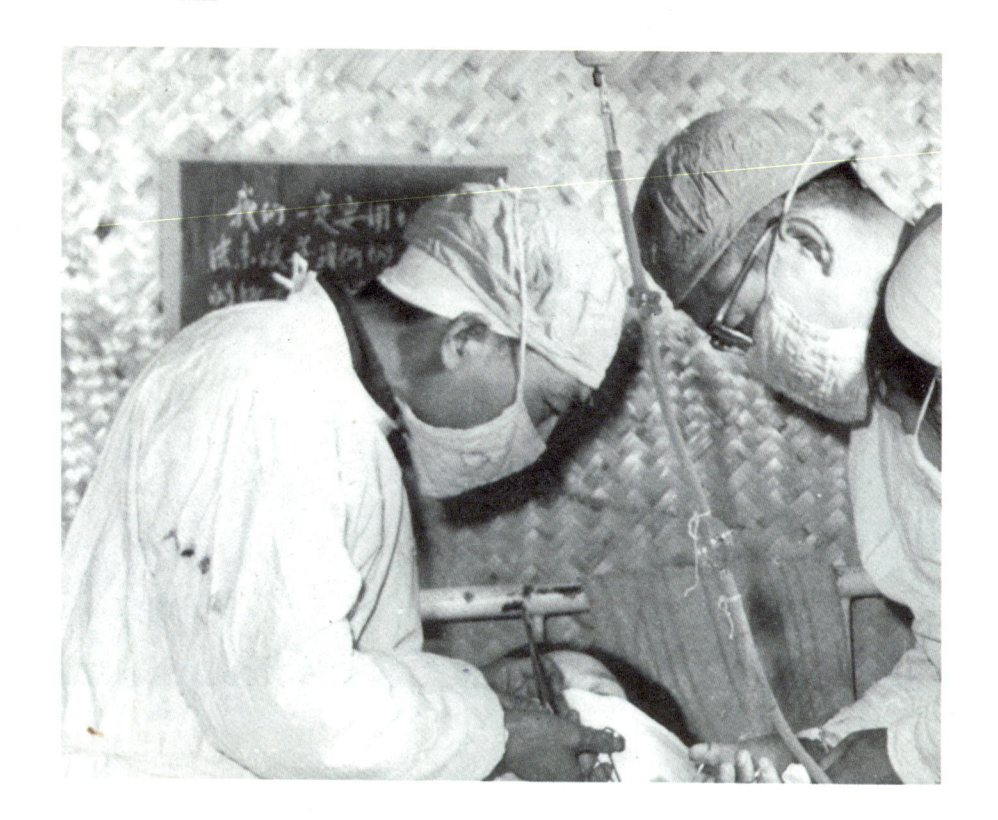

那时，邢台的一些伤员，也被陆续转送到了石家庄市人民医院。父亲记得很清楚，劫后余生的伤员们下了车，说什么也不愿上楼，他们是被地震震怕了啊！院方只好在院子里搭起了临时防震棚，紧急救治伤员。父亲至今还记得，临危受命的这支省城医疗队里，有外科专家方克明医生、骨科专家姚志国医生等，大家就在院子里召集会诊，在防震棚里紧急施救。

在父亲的印象里，时任石家庄地委书记的康修民，曾经好几次来医院慰问伤病员。有时候，他甚至参与到医生们会诊中，针对某个年轻患者的胳膊能不能保住的问题，与医生做深入的探讨。当年父亲抓拍的这张照片，就是康书记正指点着让患者看 X 光片，他眼神里温和的光亮，也让患者的脸上露出了笑容。

抗震救灾中涌现出很多感人的事迹，河北省政府和石家庄市政府

第五辑 艰难时世

筹划着办一次展览。父亲因为摄影和暗房的全套技术都能拿下来，所以当时被抽调出来，为展览做筹备工作。但后来展览却因故被取消了，展牌连同照片也就全部封存了。回忆这段往事，父亲心痛又遗憾。遗憾的是，自己拍摄的那些迎送伤员、救治伤员的照片，也一起被封存了；心痛的是，河北媒体记者拍摄的邢台地震的诸多照片也送到这里，其中就有周总理慰问灾区的大量珍贵照片，他几次想借走底片冲洗，都被工作人员婉言拒绝了。父亲当时带去了自己心爱的相机，而且新装了胶卷，却只拍了有限的这么几张，而有幸保存下来的这几张照片，定格了邢台地震的所有记忆。

我能理解父亲失落了好照片的心情，也更懂得他对周总理的那一份感情。很多年后，我担任编导的一档电视音乐栏目，请来了男高音歌唱家戴玉强。依然记得那一天录制节目，演播厅里，当音乐漫起，歌声传来，不知怎么，泪水就突然蓄满了我的眼眶。那是电视片《百年恩来》的主题曲《你就是这样的人》：

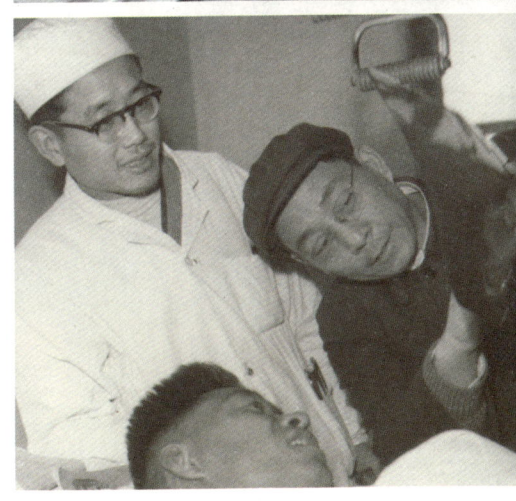

　　……把所有的伤痛藏在你身上
　　用你的微笑回答
　　你是这样的人

父亲的城市

不用多想，不用多问
你就是这样的人
不能不想，不能不问
真心有多重，爱有多深
把所有的生命归还世界
人们在心里呼唤
你是这样的人……

是的，真心有多重，爱就有多深。当灾难来临，没有什么，比这份真心与深爱，更能带给人们希望与力量……

第六辑　天大地大

　　多年后的今天，想起姥姥的火车站，我的心情依然不能平静。人生的路坎坷难行，而此刻，我的眼前却总是晃动着姥姥扛着麻包一步步走过站台的身影……

姥姥进城

我出生后的第一年,姥姥走进了这座开国之城。小小的我,就站在姥姥和小姨中间,后面是我的父亲母亲,全家人留下了一张合影。

姥姥是有工作的,早在解放前,她就在定州火车站做装卸工。我曾在散文《姥姥的葡萄》里写过:"姥姥命运多舛,三十岁上便守了寡。姥爷生前一条好汉,在昏天黑地的定州城做地下交通,偏偏就在解放前夕一次执行任务时不幸遇难。那一年,我小姨还未满周岁。组织上派人送来二斗谷子,那便是姥姥平生享受的唯一的一次烈属待遇。苦日子由是更苦,姥姥便拖着三个黄毛幼女做了洗衣妇,十指搓短,仍是饥肠辘辘。姥姥终于发了狠,去定州火车站当了装卸

父亲的城市

工……"

我的诗集《生命辉煌》里,有一首诗作《姥姥》,写于 1986 年冬夜。冬夜里想起姥姥,诗句自然而然汩汩流淌,姥姥就是一条河流,诗的河流:

  姥姥的故事被想象成葡萄,
  便成嘟噜成串地在记忆里熟了。

  想象力能驮起她守寡的岁月,
  却想象不出她柔嫩的肩胛,
  竟能扛起站台一样死沉的麻包。
  扛上四张嘴和嘴角的苦笑,
  扛着一车皮一车皮的辛劳。

  带补丁的日子翻身还是补丁,
  想不到竟被她拼缝成书包。
  闺女拎起这不量米面的斗儿,
  揭榜去都市学府量字儿的时候,
  能想象出那一夜她泪槽的檐雨,
  是怎样冲开了窑房头的自豪。

  我是在姥姥的想象里长大的,
  枕着一片片浪漫的童谣。
  从此我才迷上了诗呀,
  诗中能呈现姥姥的音容笑貌。
  我的诗结满了想象的葡萄,
  每一颗都是姥姥为我琢亮的玛瑙。

第六辑　天大地大

冬天，姥姥被接到北京去了，
背着想象拎着笑唯独脱下了黑棉袄。
啊，能做我姥姥的外孙是骄傲，
她的心还是一只俊俏鸟……

姥姥的故事不用构思，诗里的所有细节都是真实的。那时候刚刚解放，补丁摞补丁的日子翻身了，可还是补丁摞补丁。姥姥索性把一块块补丁拆洗干净，拼着图案缝成了一只花书包，送我大姨进了学校。我大姨再不忍看姥姥扛东扛西，瞒着姥姥辍学做了工，被姥姥知道后一顿好骂。我母亲念书时总考全年级第一，可念完高小，便含泪不忍再念。我小姨背起这只花补丁书包，硬是从一个贫穷的县城，考进了中国的最高学府——北京大学……

姥姥还有一个秘密，我曾经给出版社和报社的编辑们说起过，姥姥会背诵很多的童谣，清末的童谣、民国的童谣、解放初期的童谣，姥姥记性好，好到连那些诘屈聱牙的古词古语都能记得牢。我是姥姥带大的孩子。童年时，姥姥每天教我背诵一首童谣，尽管我当时还不懂其意，若干年后我常常倏然发觉，有些古

父亲的城市

语词原来是姥姥当年教我的,以至于我五岁时就入读小学,童年时就能捧读大部头的《儒林外史》和《水浒传》。我渐渐长大,姥姥的童谣篓子里没有童谣了,姥姥索性开始自编童谣,既要合辙,还要押韵,我就在这样的潜移默化里最初学习了诗歌创作,读初中时便斗胆创作诗歌,我的班主任老师发现了我,热情鼓励我给报社投稿。很快,报社编辑便约我见面,当得知我还是一名中学生时,严肃地给我上了堂抄袭可耻的教育课。后来我参军,训练间隙仍不忘给报社投稿,报上陆续发表了我十多首诗作,探家时和我保持通信联络的编辑约我面谈,见面时才发觉我正是那名被教育的中学生,连声感叹我童年接受的这份童谣教育十分难得。

姥姥是民国二年生人,目不识丁,却在我的心田播下了一颗种子,这颗种子学会了微笑,还学会了唱歌……种子渐渐长成了大树,几十年光阴如逝水流过。妻曾经在她的一篇散文中追忆了姥姥的最后时光:

第六辑 天大地大

　　7月16日,这个城市在和它的最高气温搏斗。就在这一天,爱人的姥姥过世了。年初时,姥姥还说她要做百岁老人。姥姥三十岁上守寡,靠在车站扛麻包把小女儿送进了北京大学。我们都相信,姥姥说到的,就能做到。但这一次,姥姥好像忘记了她的承诺。此前,一切并无征兆。天太热,人是懵懂的,高温混淆着我们对生命的知觉。从接到婆婆的电话到赶回家,不过半个钟点。还有好多事没来得及跟姥姥说,包括我几天前刚刚接到的博士录取通知书。姥姥是小脚。但那一天,九十岁的姥姥走得好快。姥姥安葬了。那天傍晚,大雨倾盆,爱人发起了高烧。姥姥没有儿子,他是姥姥最宝贝的男孩儿。雨过后,暑气渐渐退了,蝉声也温柔了许多。天空是一种舒缓的蓝,一如姥姥安静的眉眼……

父亲的城市

和姥姥一起上学

三岁的娃娃穿红鞋,
扭扭搭搭去上学,
老师嫌他年纪小,
背着书包往家跑……

一直以为,这首童谣唱的就是我。我还扭扭搭搭的时候,就渴望

第六辑 天大地大

上学了……

那时我穿没穿红鞋,记不清楚了。但我记得四岁那年,家里发生了一件大事:姥姥报名参加了扫盲班。姥姥在提前准备,准备陪伴我读书,陪伴我写作业,陪伴我长大。很快父亲又给我请来了老师,教授我中国水墨画,教材是陈旧泛黄的线装本《芥子园画谱》。四岁,据说是学绘画的最佳年龄,但我还不会写字,因而线条的勾勒很难掌握,老师让我手心里握只鸡蛋,悬腕执笔练习中锋、侧锋、边锋……或许就是从那时起,我迫切地渴望上学。

那年,我终于满五岁了,可家门口的学校不收。父亲有魄力,决定送我到离家五公里外的钢西小学做旁听生。父亲的朋友路老师向校方申请,校方同意我到路老师的班里就读。临开学前的五天里,姥姥教我背诵了许多童谣。父亲用自行车载着我,沿途穿过两个铁路道口,去小城和平路东头的钢西小学报到了。如今我闭上眼睛,仿佛还能看见小小的我,被路老师领进教室,被安排在最后一排靠近过道的位置,这成为我童年生活最值得骄傲的一件事,五岁那年秋天,我坐在教室里读书了。现在想来,简直有一种奢侈感。

路老师每天都会一边读课文,一边轻轻踱步到我的课桌前,看着

父亲的城市

我听写生字,看着我填写试卷。每天放学后,我都会向姥姥讲起新学的内容,讲起班里的趣事。小伙伴们的想象力,最先是在绰号上显现出来的。我的同桌黑黑瘦瘦,绰号"黑枣";我名字里的"万"字像个车轱辘,又像小孩儿推着的铁环儿,所以我得了一对绰号:"轱辘儿"和"铁环儿"。

和姥姥一起上学,心里踏实多了。姥姥每天俯在床沿儿写完扫盲班作业,就看着我写小学作业,姥姥看会了,就在小本本上照着写。我写完小学作业,也会看看写写扫盲班的作业。多少年后,我还记得姥姥的话:念书,就得有心气儿。

期中考试那天,我心里憋着一股劲儿,就想考出好成绩,让路老师和姥姥放心。结果试卷上有道题,我越想越不知怎么答。路老师没有说我,姥姥也没有说我,姥姥还找出小姨当年读的民国时期的《国

第六辑 天大地大

文》课本,让我学习。记得我问过姥姥,为什么叫国文,而不叫语文呢?我们路老师说,语文就是语言和文字。姥姥说,国文就是咱们国家的语言和文字。姥姥这句话,我记住了,记了一辈子。至今我还记得《国文》课本里的第一课,讲的竟然是一则字谜:"上不在上,下不在下,天没它大,人有它大。"我和姥姥猜了好久好久,终于猜出了谜底,原来这么简单,就是个"一"字。我们在课文后还找到了注释,原话已经记不清了,大意是:一切是从一开始的,因而一也就是一切。《道德经》言:道生一,一生二,二生三,三生万物。当年的我,还不可能读懂这样深奥的道理,但有谜语的课文太有吸引力,很快我和姥姥又在课文里发现了童谣:"子不学,非所宜,幼不学,老何为? 玉不

— 163 —

父亲的城市

琢，不成器，人不学，不知义。"后来我才知道，这是《三字经》里的劝学警句。姥姥说过，一年级读不懂，还有二年级，二年级读不懂，还有三年级，总有一天会读懂的。

我是班里年龄最小的孩子，无形中也成了班里学习进度的标尺，老师们提问最多的就是我,我懂了的问题,班里的同学应该就全懂了。期末考试,我的成绩竟遥遥领先,被同学们推选为学习委员和每天放学喊队、领队的小组长。很多年后,我偶遇当年的同学,同学说,你五岁怎么就能背诵那么多童谣呢?我向他讲起了姥姥的故事,同学感动不已。二年级,我转学回到了家门口的学校,姥姥每天都俯身在窗口,看着我的身影穿过楼前的大操场,走进校门。每天放学我走过大操场,抬头就能看到姥姥俯身在窗口招手……

漫长的岁月里,我先后读过两所大学,又在两所大学工作过,还曾承接过高考阅卷点和大学招生组的新闻报道任务,听到过数不清的家长对中国教育现状的忧虑和抱怨,身边很多朋友甚至把子女都送到国外去读初高中,前些天微信群里又有朋友动情地谈到中国教育最缺失的就是爱的教育,我没有争辩,我想起了姥姥:姥姥在上世纪50年代,靠在火车站扛麻包艰难度日,把小女儿送进了北京大学;又在"读书无用论"甚嚣尘上的年代,把我培养成了诗人、作家。我成亲后不久,妻萌生了考博的想法,又是姥姥坚定地鼓励她继续读书。姥姥还是那句话:念书,就得有心气儿。爱的教育,首先是从家庭开始的;而我人生的道路上,亲爱的姥姥自觉担当起了我的第一任老师。这么多年了,我一直坐在姥姥温暖的目光里,姥姥就这么静静地看着我写啊写啊,身后微风习习,姥姥还为我摇着蒲扇……

父亲的城市

姥姥的火车站

小城的火车站,在我童年的记忆里静静地卧着,十多年都没有变化。记得我八岁那年,从这里乘车去姥姥家时,它就是那个样子;我十六岁参军,从这里奔赴深山军营时,它还是那个样子,老实木讷,灰头土脸。印象最深的就是那高高的天桥,像沧桑的岁月老人,弯着腰,躬着背,守护着怀里的一列列绿皮火车。

第六辑　天大地大

　　我的父亲站在天桥上，用他的宝贝相机，拍摄下了走过天桥涌向站台的旅客们，停靠在站台上的蒸汽火车的车头喷吐着白蒙蒙的雾气。这张很普通的照片，先后出现在纪念石家庄解放四十周年、五十周年、

— 167 —

六十周年的展览上，竟成为记录这座"火车拉来的城市"的一张珍贵的历史照片。

我八岁那年，就是从这里乘上了火车，轰隆隆地驶向了姥姥的家乡。车到定州站，我们走上站台，姥姥走得很慢很慢，东瞧瞧，西看看，姥姥说，她在这里工作过多年。原来，定州火车站，是姥姥的火车站。

我曾在一篇散文中写过：我的姥姥命运多舛，三十岁上便守了寡。姥爷生前一条好汉，在昏天黑地的定州城做地下交通，偏偏就在解放前夕一次执行任务时不幸遇难。那一年，我小姨还未满周岁。组织上派人送来二斗谷子，那便是姥姥平生享受的唯一的一次烈属待遇。苦日子由是更苦，姥姥便拖着三个黄毛幼女做了洗衣妇，十指搓短，仍是饥肠辘辘。姥姥终于发了狠，去定州火车站当了装卸工……

读小学时我已得知，姥姥在火车站做过装卸工，这让少不更事的我大为震惊。我怎么也想不到，姥姥的肩膀，竟能扛起站台一样死沉的麻包……我单薄的想象力都被压得喘不过气来，想起来脊梁骨都感觉生疼。姥姥却平静地笑着说，也不是每天都扛麻包，更多的时候是在火车站干杂活儿，比如扫扫站台，缝缝麻袋，或者给来往的货车装装卸卸，小件就自己扛了，大件有时也两个人抬……

多年后的今天，想起姥姥的火车站，我的心情依然不能平静。人生的路坎坷难行，而此刻，我的眼前却总是晃动着姥姥扛着麻包一步步走过站台的身影。

童年的我，去定州城之前或之后，具体时间我已记不清了，只记得我大姨从北大荒赶来了，我小姨也从北京赶来了，我父亲揿动快门，拍摄了这张照片。

姥姥是在带大了我大姨的两个女儿后，又赶来照看我们兄妹三人的。我们兄妹长大后，姥姥又赶到北京，去照看我小姨的两个孩子去了。姥姥的火车站，就这样从定州到北大荒，从北大荒到石家庄，而后，从石家庄开往北京……其实，姥姥就是一列火车啊，满载着我们的期

第六辑　天大地大

盼和渴望，满载着我们的欢乐和梦想，等姥姥把一家家的儿女们抚养大，又重新回到我们这个家时，她的腰已经弯了……

姥姥真的是一列火车，她把满腹的希望都卸下来了，把自己的身体都掏空了，一阵风吹来，姥姥静静地变成了一座火车站，春暖花开，地久天长。

这些年，我常常乘火车，走过东三省，走过石家庄，走过北京，每一次走在站台上，都像是在重温姥姥的目光……

那天，父亲在给我姥姥和她的三个女儿拍照时，也在同一时间，同一地点，给我们兄妹仨，还有我大姨的女儿，一起留了影。细看这张照片会发现，除我之外，每人的胸前都佩戴着一枚毛主席像章，那是咱中国人特定历史时期的红色收藏，而我胸前的像章，是被街上的大龄孩子突然伸手抢走的，由于猝不及防，我一个趔趄跌倒在地上。

时隔这么多年，我依然记得很清楚，那是一个穿着仿绿军装的孩子，"呜——"的一声，和我发生了剐蹭，而后一阵风就从我身边跑走了，比那个年代的绿皮火车跑得还快，"丁零咣当"，把我丢在了记忆的站台上……

姥姥的队伍向太阳

在纪念开国之城解放庆典的历届展览大厅里，父亲拍摄的一组历史照片，总是能引起会心的笑声和兴高采烈的议论声。小脚的姥姥们组成的城市居民方阵走来，胸前统一佩戴着毛主席相框，右手整齐划一地挥舞着被誉为"红宝书"的《毛主席语录》，头上扎着那年月城乡妇女们时尚的方头巾，细看脚上还穿着灯芯绒面的豆包鞋，这就是

我的北方姥姥们的典型着装，行进在队伍里，她们还齐声高唱着队列歌曲："向前向前向前，我们的队伍向太阳……"

本书的所有篇章，最初都是经微信公众号发布传播的，几乎每篇介绍姥姥的文章后都有来自亲人、同学、朋友们的留言："顽强拼搏的姥姥就是一列火车，把自己的一生全部都献给了需要她的地方……""姥姥伟大而又平凡，她是漫长的岁月里一代人的缩影。""我们都是姥姥带大的孩子，我们的姥姥是天底下最好的姥姥！"

在中国，每一颗汉字都有着生动的含意，女少为妙，女老为姥。"姥姥"的本意是母亲，其后才引申为对老去的妇女们的尊称。老吾老，以及人之老。试问天下，有多少代人都是吃着姥姥的"奶"长大的？一声"姥姥"，又有多少人午夜梦回，泪湿眼眶……

第六辑　天大地大

　　记得我和姥姥回到小城不久，姥姥就接到了家委会的通知，每天参加几个小时的排练，准备参加庆祝游行。从那时起，读扫盲班的姥姥，总是一边忙着家里的活计，一边轻声地学唱："向前向前向前，我们的队伍向太阳……"等一切都收拾停当，姥姥又铺开扫盲班的作业本，一笔一画地抄写着歌词："向前向前向前，我们的队伍向太阳……"

　　我们学校都停课了，姥姥还在学写字，写这些字有什么用？姥姥说，不会总停课的，不念书，不写字，人就废了。世界上怕就怕"认真"二字。姥姥身上那股认真劲儿，如今一般人不肯学了，也学不来。她初学写字，字就写得秀气；初学唱歌，就声情并茂，从来不跑调。姥姥学写、学唱了一个月，街上的锣鼓声越来越响了……

　　转眼就是清明了，回首童年，我见过那么多的游行队伍，就数姥姥的队伍带劲儿，一个个还都是小脚儿……

　　姥姥是民国二年（1913年）生人，姥姥说，她们家委会的老姐妹们都曾缠过脚，缠脚时间长的就成了小脚，缠了几年不缠的就成了"半

大脚",也有逃婚跑出来参加革命的"解放脚"。记得我问过姥姥,缠脚疼不疼?姥姥说,脚心脚背都是肉长的,还能不疼?那为什么还缠脚啊?都是村里的媒婆到家家户户撺掇收拾,亲爹亲娘都下不去手。姥姥小时候缠脚疼得哇哇哭,满炕打滚儿,太姥爷实在看不下去了,背着人偷偷给姥姥松了松绑带……

我至今也没有看过冯骥才的小说《三寸金莲》,几次拿起来想想又放下了,实在是怕字里行间溢出来的哭喊声,怕由此联想到姥姥的童年……

姥姥们的小脚、半大脚、解放脚,就这样走过了黑黢黢的暗夜,她们是饱受欺凌、挣脱命运桎梏的童养媳,她们又是送郎打东洋、送儿上战场的军烈属,她们是新中国第一代德高望重的母亲们,她们就用一双双小脚丈量着这片新生的土地,每一步都走得那么坚定而又昂扬:"向前向前向前,我们的队伍向太阳……"

第六辑　天大地大

天大地大

那年我八岁，只记得学校停课，停了好大一阵子，等到终于复课时，安静的校园也成了热闹的运动场。

记忆中，我回到课堂不久，我们棉纺厂子弟学校就和家委会联合举办了一场"忆苦思甜"报告会，台上做报告的是家委会刚刚结合进来的积极分子，好像叫什么阿娘，姓什么都想不起来了。阿娘的忆苦

父亲的城市

思甜报告非常特别，大讲自己的苦难经历，讲资本家心肠如何歹毒，故意让伊蒸一锅白米饭，强迫伊一个人吃下，撑得伊肠胃翻江倒海，童年的我当时都吓慌了，所以这一节记忆尤其深刻。然而几个月后，她的把戏就被揭穿，原来伊当年是资本家的阔小姐，为了假装积极胡编乱造了苦出身，当时人们只顾着抓革命促生产，断然不会为了一个家委会老太太的出身远赴上海去搞外调，这是后话。但彼时，她的确凭借着她的忆苦思甜报告成功上位，并且很快就主持召开了批斗会，批倒批臭了家委会主任老李，自己顺利地取而代之。

我至今还记得批斗会散会那天中午，烈日当空，我们全家开饭前，姥姥拨出半碗菜，又放上俩馒头，嘱咐我给被勒令跪在大操场上不许回家吃饭的老李送去。姥姥说得实在：我在家委会这么些年，谁人性好歹，还看得出来。我给老李送去饭，老李很警觉：是谁让你送的？你不说，我不吃。我只能说是我姥姥让我送的。老李又问，你们家住哪儿？我指了指身后的家属楼说，我们家住四门九号。老李想了想说，你姥姥叫庞兰梅，三家委的小组长，对不对？我点点头，老李咬了口馒头，眼泪流下来。这是我第一次看见男人流泪，那么近，看得那么真切。老李不再说话，他很快吃完了饭，把饭碗递给我说，你姥姥还说什么了？我把姥姥嘱咐我的话学了一遍，姥姥说，多大个事儿啊，别往心里去。该吃吃，该喝喝，不该想的别想。对啦，姥姥还说，天大地大，不如咱的心大。我不记得老李当时怎么回答我了，只记得老李连连点头，眼睛里含着泪水……

人们都说，隔辈人养大的孩子懂事。的确，姥姥给了我很多。姥姥是我上辈子修来的福，如果不是姥姥抚育我，也许我浑身毛病难以成人，更遑论写作。对于童年的我而言，姥姥不仅是姥姥，她还是我心灵上的一个友伴，现在想来，这是上苍给予我的一个多么奢侈的安排！当我在人世间体会了更多的风霜，有了更多的阅历以后，从姥姥的身上，我才知道了什么叫上善若水，厚德载物，什么叫不以物喜，不以己悲，

第六辑 天大地大

什么叫勿以恶小而为之，勿以善小而不为。姥姥源自天性良知里的那份朴素、豁达、善良、包容，无形中也在影响着我，虽然我也曾在人生路上迷茫困顿，跌跌撞撞，但也许冥冥之中正是因了姥姥的荫庇，我敢于深深地沉下心来，去探寻属于我自己的生命大道。

大概我生在一个物质匮乏的时代吧，和吃有关的记忆总显得那么分明，不仅忆苦会上阿娘杜撰出来的那锅白米饭我记下了，同样记忆深刻的还有学校组织活动时同学们的自带饭，贾月平同学总拿自家的馒头换同学带的玉米饼子吃，究其原因是玉米饼子更扛饿；还有就是"学农劳动"时到村民家吃派饭，沈平同学说他最喜欢红薯和一种很薄的粥，我说那不是粥，他还不服气：不叫粥能叫汤啊？我的回答让他一阵沉默：确实叫汤，米汤，解渴不解饿，一会儿你就知道了。果不其然，他喝的这碗太薄的粥，不到一个钟头就扛不住劲了。其实那个时候，大家的日子都不好过，虽然过了"三年困难时期"，粮食依然很紧张，小城里还出现了许多乞讨的人，都是农村来的社员，随身携带着所在公社的证明信。

曾听文化学者马未都讲古，说古时土豪过年必行一善，依《朱子家训》所言："善欲人见，不是真善"，偷偷地用红纸包好散碎银两，悄悄地趁夜色放到穷人家的窗台……姥姥不是土豪，也没有碎银子，但她愿意省下自家碗里的一口饭，去温暖抚慰别人的心。

我家那时住在三楼，窗前就是生活区的大操场，姥姥闲时便倚在窗口，每每看到农村来的乞讨者，便招呼我赶紧送食物下楼。有位磨刀师傅虽然不是乞丐，但差点儿饿昏在我家楼下，姥姥给他盛了碗二米水饭，以后他每逢一段时间都到我家楼下来，大着嗓门吆喝：老嫂子，想你家的水饭啦！小脚的姥姥便端上饭食下楼，天大地大地聊上一回……

父亲的城市

话语乡村

在老实巴交的乡村，有过一些阅历的人，说出的话来常常让你吃惊。就说我的亲人吧，我姥姥的二哥，我叫二舅老爷，他从小念村中的义学，因而识文断字，翻烂了十里八村仅存的古书，闲时喜欢走村、串乡、进城，熟悉土地的每一条皱纹，因而眼界开阔，见识了岁月更迭、世事浮沉、人情冷暖，仿佛体会了几辈子人生。记得那时，二舅老爷在定州卫生院工作，每次来家，他都花上两毛钱买上十只缸炉烧饼，用一只尼龙网兜提来，那可是那年月酥脆可口难得的美食。我儿时印象最深的，还是二舅老爷讲三国，比电视上易中天讲三国更有特色，只因他一副定州口音，说话天生带韵，一开口能唱出评书的板眼来："恨董卓——专权——乱朝纲，欺天子——压诸侯——亚赛虎狼……"

二舅老爷还喜欢演讲，最推崇的是《中国社会各阶级的分析》：

第六辑　天大地大

"谁是我们的敌人？谁是我们的朋友？这个问题是革命的首要问题。"每回说这一句，二舅老爷总要停顿一会儿，他的定州口音就特别好听地绕过来，绕过去。我读了书以后，才知道这就叫回味悠长。文章开头那一段，他能抑扬顿挫地背诵下来。二舅老爷一旦开讲便全情投入，全然不顾听众是我们这些年少懵懂的黄口小儿，眼神跃过我们的头顶，望向窗子外面去，仿佛那无穷的远方、无穷的人们都和他有关。我儿时就觉得，二舅老爷虽然来自定州小县城，却是个在外面做大事的人，后来看了电影《英雄儿女》，就觉得二舅老爷说话的样子特别像师政委王文清，眼睛那么像，笑容就更像。也许是二舅老爷背诵的这段话留在我记忆里太深了，以至于多年后我翻开《毛泽东选集》，总会不由自主地去寻找这段话。

很多年后，我已生活在北师大的校园里，闲暇时仍习惯走串教室去听讲座，印象深的是有一次听著名画家李苦禅之子、清华大学教授李燕的课，李燕教授家学深厚风趣幽默，听得兴味正酣时友人忽来教室寻我，我恋恋不舍地不得已惭愧离席时，却见教授忽然向我抱拳示意，

满堂响起赞叹的掌声。回到家中我向友人感慨连连,但其实有句话我始终没说,说出来生怕友人笑话,童年的记忆就是这么顽固,就像尝了一口普鲁斯特笔下的玛德琳小点心,童年那些印象深刻的人和事,立刻鲜活地浮现在眼前。置身于李燕教授的课堂,二舅老爷的定州口音却萦绕在耳边,他谈古论今,纵横捭阖,眼神里闪着兴奋的光芒……

乡村的话语是幽默生动的,也是朴实而深情的。我曾在很多篇章中写过,孩提时,姥姥每天都为我背诵很多童谣,尽管童年生活贫瘠而苍白,姥姥却用这"有韵的乳汁"滋养了我,后来姥姥记忆里的童谣篓子掏空了,她便开始依着韵脚自编童谣。

姥姥的童谣题材特别丰富,她编乡村的人物,编乡村的景色,现在想来,姥姥就是我最早遇到的乡村诗人,诗句那么灵动而鲜活。我至今还记得姥姥的一首创作《懒老婆》:"布伦敦,布伦敦,破鞋咬着脚后跟,浑身上下孩子屎,妈妈疙瘩两块皱。"每当我和诗友们说起姥姥的这首创作,诗友们都大笑不止,而后一迭声地赞叹不已。我说过,我是吃着姥姥的"奶"长大的。我从童年的梦里醒来时,终于迷上了诗。我曾在诗作《姥姥》中写道:"我的诗结满了想象的葡萄,每一颗都是姥姥为我琢亮的玛瑙。"

话语里的乡村是活泼的,有光亮的,有滋味的,而更多的时候,乡村却是沉默的,就像我的破碗舅。前些天,无意中听到灵魂歌者张韶涵演唱的《阿刁》,我被深深地震撼了。阿刁,那就是我的破碗舅啊!

  阿刁,
  明天是否能吃顿饱饭,
  你已习惯,
  孤独是一种信仰。

  阿刁,

不会被现实磨平棱角,
你不是这世界的人哪,
没必要在乎真相。

……甘于平凡,
却不甘平凡地溃败,
你是阿刁,
你是自由的鸟……

破碗舅是姥姥大哥的孩子,我也曾用一首小诗,讲述过他曾经的过往:

舅舅苦了多年,
他的名字也很寒酸:破碗。
那是姥姥给取的名字,
说是怕他半道儿走了,
用碗扣住了他的童年。
他自己也说:咱不要强,
只求抱着破碗吃顿安生饭。

那些年,饭也不让吃安生,
折腾来,折腾去,
折腾成穷光蛋。
烟囱不冒烟,哪个女人肯跟他,
除非晚间捧着碗清米汤,
亲亲月亮的脸蛋蛋。

光棍锣敲了多少年,
一晃儿,他也有了自家田。
他给地上心,地给他长脸,
秋后吃饭就碗碰碗。
哈,他追着会计闹改名哩,
穷了半辈子,咱也体面体面,
不叫破碗啦,叫金碗!

  特别需要说明的是,这首小诗几乎所有的细节都是真实的,仅有两字是我浪漫的虚构,那就是破碗舅要改的名字:金碗。有一年,我和妹妹、妹夫去定州,走进村后打听破碗舅,竟无人知晓,路边一个老者忽然朗声开口:庞破碗,他早改名字啦,叫庞新生。

  庞新生?我们都会心地笑了:破碗舅新生啦!

第七辑　辽阔胸怀

中山路地道桥，是铁路公路桥，也是石家庄的地标建筑之一。像参加展览馆建设一样，我们学校也组织了义务劳动，支援地道桥建设。记得那时我们一边推着小车跑，一边看桥上的绿色火车鸣笛经过，同学们还兴奋地大叫：哈哈，车上的旅客都在看我们呢！

城 南 旧 事

我童年时，做过一些奇怪的梦。那些梦都是黑白色调，时而清晰，时而模糊，朦朦胧胧。只因那时，我和台湾作家林海音小说《城南旧事》里的小英子差不多的年龄，睁着懵懂的眼睛，对成人世界还看不真切，借用陆游的诗句说：早岁那知世事艰。

我五岁那年秋天上学，八岁那年的夏天，读小学三年级的时候，学校却宣布了停课，小伙伴们都被放了羊。小城街头，开始出现大字

父亲的城市

报和大批判专栏。最先吸引我的，是那些漫画。我自幼喜欢涂鸦，在父亲的安排下，每天安静地学习和临摹《芥子园画谱》，对梅兰竹菊和树木山石很是着迷；漫画却是一种十分夸张的人物画法，画中人都是大脑袋、小身子。那是我第一次接触漫画，为此，我常常带着纸笔，把街头的漫画依葫芦画瓢地拓下来。

在我的童年记忆里，这样的日子没过多久，街上就闹闹嚷嚷起来，小城像得了一种怪病，走到哪里都是乱糟糟的声音。我也是第一次知道，有一种喇叭叫高音喇叭，刺耳的声音吓人，大人们都挥着拳头，跟着高音喇叭喊，常常是走一路，就喊一路。

走在路上的大人们，有时也像我们小孩子，一路走着说着，不知怎么就急了眼，闹起来。多年以后，我才知道这就叫"大辩论"。就是一群人站在卡车顶子上，比谁的嗓门高，伸胳膊挽袖子，哇啦哇啦，喊些什么，其实谁也听不清。

如今，借用我的一位东北邻居的话说，喊得急扯白脸的，没个不急眼的，破马张飞、五马长枪地就招呼上了。街上越来越乱了，我的姥姥、父亲、母亲开始限制我出门。然而俗话说："七八九，嫌死狗。"我正是满街疯跑的年龄，总有跑出家门的借口。

最令家人担心的事情还是发生了。一天，我刚跑出家门口，就在

第七辑 辽阔胸怀

宿舍楼后的小路上，我看到了让我胆战心惊的一幕：小路上，竟走过一队头戴柳条帽、肩扛棍棒的队伍。身旁有大人说，看吧，要出大事儿了，要武斗了，这就是武斗队。不远处，立刻有人站出来纠正，你是哪一派的？找碴儿是怎么着？这叫文攻武卫队。刚才说话的人立刻就哑巴了，悄悄换了个地方。再看这支队伍，果然来势汹汹，浩浩荡荡，有人还领头喊着什么，队伍里所有人都跟着喊，还有人拿着棍棒使劲儿往地上戳：咚咚……咚咚……

父亲中午回家时，刚好也看到这支队伍，他迅速进家取了相机，趁着人们的注意力都在示威队伍里，悄悄地拍下了这一幕场景。

后来听姥姥说，就在这天夜里，我做了噩梦，梦里又喊又叫的，还一骨碌爬起身，又挥胳膊又蹬腿儿的，着实受了惊吓。一家人都被惊醒了。

重新安顿我们兄妹睡下后，姥姥和我父母却再也没有了睡意，大家连夜商议，城里这么乱，学校一时半会儿也开不了学，决定由姥姥

父亲的城市

带我们兄妹回定县城里住些日子。

临行前,父母带我们游了一趟长安公园,匆匆留下了一张合影。

绿皮火车轰隆隆开动了,我现在闭上眼睛,还能感觉到车厢的震动,那是我第一次坐火车,告别这座小城……

第七辑　辽阔胸怀

繁体字里的爱情

我是从繁体字开始阅读的。时常地，我会怀念起第一次遭遇那一个繁体字时的少年心跳。

我说的，是一个繁体的"爱"字。

爱就一个字，我只说一次，恐怕听见的人勾起了相思……

在我的阅读体验中，最深切的爱情记忆，恰恰不是来自纯粹的爱情作品。

那是一个被爱情彻底遗忘的年代，几乎所有的中国人都三缄其口，不谈爱情，从阿庆嫂到江水英，都自觉地过着单身生活，尤其是《红灯记》中的李玉和一家，让我从小就怀疑自己的身世，是否也是拣煤渣拣来的。

那时候，大人们忙着抓革命，我们小学生忙着学工、学农、学军，也要批判资产阶级，即使想读书，也没有书可读。

那年暑假，听说学校要办小工厂，我和两个同学自告奋勇做义工，收拾废弃的教室，想不到竟在墙角发现了一堆残旧书，老师慌着收走，我们几个孩子交换着眼色，装作若无其事，待收工前还是趁乱抄了几本，掖在裤腰上带回了家。后来听同学说，他手边的那本《林海雪原》，竟然是孤胆英雄杨子荣的故事，家喻户晓的样板戏《智取威虎山》，就是根据它改编的。我们都来了兴致，彼此商量着交换书的时间，就那么眼巴巴地盼，盼着早一天穿林海，跨雪原……

少年无忧。那一个小学暑假,我单枪匹马在深山老林里出没,从松树屯到夹皮沟,虎步生风,蹲守在小木屋外歇息的时候,想不到竟听到了小白鸽的一段心灵独白。

小白鸽在教战士认字:繁体的"爱"字里有个"心"字,爱是有心的,得从心里爱……在枪林弹雨的英雄篇章里,那是一场难得的温情戏。那时节,小白鸽正憧憬着与二〇三首长的爱情,一个有心的爱字,道出了少女的无限心事……

少年里的那一个夏天,是大汗淋漓的。尽管后来,我有过了无数次的阅读感动,但最早闯入我心头的这个有心的爱字,却从此影响了我的一生。

多年后,在一次同学聚会上,不知怎么就说到了年少时的情窦初开。

第七辑　辽阔胸怀

有同学说我，你五岁上学，全年级数你年龄小，那时好像什么都不懂……

　　我狡黠地笑了，我又想起了那个夏天。在那些禁忌的岁月里，或许，我比他们更早地遭遇了爱情。他们不知道，我的喉结，就是在那一个夏天里悄悄隆起的……

父亲的城市

辽阔胸怀

父亲的摄影作品里，有一幅照片气势恢宏，场面壮阔，观者无不赞叹。那是石家庄市民众庆祝我国第一颗人造地球卫星发射成功大会的场景。父亲说，拍摄这幅作品时，庆祝大会进行到表演环节，会场上的排字方阵，立刻排出了"毛主席万岁"五颗红色大字，各单位代表队行进到主席台前表演节目，有的表演队列操，有的表演小歌舞，

— 192 —

第七辑　辽阔胸怀

　　父亲及时按动了快门，抓拍下了这精彩的瞬间。拍摄这样宏大的场景，不可能一次成功，需要"接片"处理，两张照片对接，而且要对接得"天衣无缝"，这是一种摄影技艺。

　　庆祝大会的会场，就是当年的省会石家庄"毛泽东思想胜利万岁"展览馆广场。说起展览馆的兴建，那可真是如火如荼，1968年夏天开工，当年初冬就竣工了，主体工程共用了四个半月。建筑面积近九千平方米，馆前广场五万多平方米，能容纳六万多人集会，五十厘米见方的方砖就用了二十多万块，每砖刚好容纳一人。父亲感慨地说：站在展览馆广场，胸怀都开阔起来。

　　当时，全国许多城市都在准备或者已经开建"毛泽东思想胜利万岁"展览馆。河北省更是决定在石家庄、唐山、邯郸、张家口、保定兴建五座"毛泽东思想胜利万岁"展览馆。率先开工的当然是省会石家庄，而第二个开工的张家口，1968年7月4日开工建设，9月28日就建成了，全部施工仅用八十七天，创下了张家口市建筑史上的奇迹。

父亲的城市

    我之所以知晓得这样详细，是因为父亲曾经担任过河北省展览馆建设工程副总指挥，主持设计建造了华北平原上这座辉煌雄伟的建筑，并担任了展览馆第一任馆长。从最初的选址，方案的选取，到每一块水磨石、大理石的尺寸，以及每一盏灯的造型和代表的涵义，父亲说起来都如数家珍。展览馆的雕塑，都是当年参加过北京人民大会堂建设的雕塑工参与雕塑的。父亲扳着手指头数着，仅装饰各展厅的大理石的品名就有东北红、东北晚霞、山东莱阳绿、河北曲阳玉、云彩和紫豆瓣，还有北京汉白玉、桃红、墨玉等十多个品种，水磨石的品名还有：晚霞、海涛、紫豆瓣、苏州黑、奶油板等十四种，听起来，就像走进色彩绚丽的百花园。

    我问父亲，怎么记得这么清楚？父亲说，那时候几乎每天都要开会讨论研究，有时候甚至一天要开好几场会，总不能每次都拿着报告念吧，我就把各种材料多看几遍，默默地在心里记下来，记熟，背熟，渐渐也就熟悉了，省市领导和工程技术人员们问到，当场就能解答。

    选址确定后，展览馆正式开工了。石家庄民众听说要建展览馆，

— 194 —

第七辑 辽阔胸怀

父亲的城市

第七辑 辽阔胸怀

都报名参加义务劳动，建筑工地上，每天都能看到数千人干劲冲天的劳动场面。我们学校也组织了多次义务劳动，最初是我们年级几个班的同学推车运土，后来学校老师们也参与进来。

记得有一次参加义务劳动时，我还看见了父亲。他戴着草帽，卷着裤腿，正在工地上搬砖和泥，学校老师这才知道我父亲在工地负责，连忙组织低年级同学给父亲和工人师傅们送上西瓜，报社记者刚好来采访，也抓住这个机会按响了快门。图中左二，那露出微笑的就是父亲，他卷起的裤腿还没来得及放下来。我们班卢老师还近水楼台地请父亲到学校做了场报告，讲了讲省展览馆建设的意义和建成后的展望。

那次劳动中，我还看见了父亲单位的高姐，她们宣传队也来到工地参加义务劳动，晚上还要慰问演出。我这才知道，展览馆工地的工人们要劳动到大半夜，有时候为了赶进度，还奋战通宵。难怪父亲吃住在工地，已经很久没有回过家。

说来有缘，后来我当兵来到黄土高原，在部队大院里又看到了高姐，她穿上军装更加英姿飒爽，她高兴地说我，前几年还是个孩子呢，转眼我们竟成了战友。

是啊，光阴荏苒，当年的省展览馆先是改了名字，变成了省博物馆，再到如今，改成了"河北博物院"，但院前的广场依然辽阔，依然平展……

前些日子，趁着腿脚还利索，父亲到这里走了走，那是个朗朗晴天，九十高龄的父亲走在广场上，朗声笑着说：一走到这广场上，心里就顿然敞亮……

父亲的城市

劳动者的桥

翻看父亲的家国相册，我被那些热火朝天的劳动建设场面所吸引。父亲却能准确地区分，并一张张指点着：这是展览馆工地建设，这是地道桥开挖涵洞，这是百万民工治理滹沱河……

第七辑　辽阔胸怀

当年展览馆工地施工，这个城市几乎所有的居民都参加了义务劳动，搬砖的搬砖，动土的动土，推车的推车……

这种劳动建设的强度和速度，若干年后，我只听说过，那便是我国改革开放的代名词：深圳速度。它激动人心，鼓舞人心，振奋人心。

所幸父亲每天都在工地，因而及时地捕捉到了这些节奏铿锵的瞬间，这就是劳动者的旋律，叮叮当当，谱写着建设之歌……

父亲的城市

父亲说，展览馆的施工进度就像庄稼拔节一样，"唰唰"地往上长，眼瞅着一天一个样，有时候去省里参加工程质量汇报会，回到工地一看，主体工程就快完工了。

展览馆建成后的第二年国庆节，省会举行了"庆祝中华人民共和国成立二十周年"纪念大会，从会场一侧的小楼，能看出会场后就是石家庄第一工人文化宫。大家都亲切地称它为"一宫"。那时，石家庄还没有相应的集会场所，相关的纪念集会都会选择在这里进行。

父亲说，拍摄这张照片的三四个月后，印象中好像是来年的农历二月仲春节气，天气有些料峭，人们还穿着棉袄，石家庄中山路地道桥就开始了施工。

河北省展览馆把建馆时剩余的材料，例如木材、大理石、水磨石等，都无偿地支援了地道桥建设工程，地道桥建设在保证火车正常运行的情况下，加班加点地加紧了施工。

中山路地道桥，是铁路公路桥，也是石家庄的地标建筑之一。像参加展览馆建设一样，我们学校也组织了义务劳动，支援地道桥建设。记得那时我们一边推着小车跑，一边看桥上的绿色火车鸣笛经过，同学们还兴奋地大叫：哈哈，车上的旅客都在看我们呢！

劳动和舞蹈一样，既赏心，也悦目。很多年后，我在给年轻的大学生开讲座时，谈到劳动时手舞足蹈的兴奋劲儿，让有些同学很不理解。有同学甚至私下对我说："老师，你们那代人是不是很热爱劳动啊？我爸也是……"有时候想想，其实同学说得没错。我们那代人从小所受的教育，对劳动真是热爱，先不说干多干少，说起参加集体劳动，就有过节般的快乐。

我曾在散文中感叹："上个世纪末，我目睹过一次震撼人心的劳动场面，那是在一望无际的坝上高原。几乎所有村庄的男女老少都出动了，推车的推车，种树的种树，耙田的耙田，那场面之壮阔，至今想起来仍使我血液上涌。尤其让我记忆深刻的，是那些夯土筑路的劳动号子，

第七辑　辽阔胸怀

带着浓郁的乡音，节奏铿锵分明，那是我听过的最动听的民歌了……"

　　喜欢诗歌的读者，还能读到我写劳动的一首诗作《民歌》，我把这首诗写进了散文《怀想那些劳动的号子》里，也许，今天的很多读者，

父亲的城市

很难有这种感同身受的体会了,但我愿把我内心深处难以言传的微薄的快乐,传染给更多的人,这也是一种快乐。

石家庄地道桥昼夜施工建设,终于在五一劳动节前建成通车了。

苏联著名教育家苏霍姆林斯基曾经说过:"劳动和人,人和劳动,这是所有真理的父母亲。"劳动和人的结合,奇迹诞生了。

地道桥通车之夜,刚好有雨,父亲穿着雨衣,骑着自行车,冒雨来到地道桥上,选取角度拍摄下了地道桥灯火通明的夜景。霏霏细雨中,美丽的路灯朦胧着光晕,"庆祝五一国际劳动节"的大红横幅格外醒目,两辆跑过的公交车,车厢里空荡荡的,似乎在提醒着父亲:该回家了。父亲收起相机,内心却感觉很充实,很快乐。骑车回家的路上,父亲还在想,如果是白天,有车流和人流的穿梭,地道桥的景色也许会更美。

似乎是感觉不过瘾,转天,父亲又来到地道桥上,拍摄了1970年5月的石家庄街景。当时人们的交通工具主要是自行车和公交车。父亲感慨地说,似乎是一种仪式,镜头前先后开来了四辆公交车,也给画面增添了美感。

早年间,我曾在为一部电视剧写的主题歌中,这样写道:"伸出你的手臂来,伸出我的手臂来,握成一座美丽的桥……"经历了近半个世纪的风雨沧桑,地道桥依然静默在那里,它属于这座城市,更属于这座城市的劳动者。它见证着这座城市的昨天,也见证着劳动者的汗水和欢欣。当我写下这些文字的时候,我的心中也流淌着一首劳动者的歌……

父亲的城市

万里从军记

很小的时候，我便有了从军梦。父亲是小八路出身，他当年所在的八路军冀中军区第十军分区，参加过"百团大战"和抗战史上著名的五一反"扫荡"，在华北大平原上威名远扬。我记事起，父亲的战友们经常来家，有穿军装的，有穿便装的，我常常缠着叔叔们讲前线打仗杀鬼子的故事。当同龄小伙伴们还在争抢玩具枪时，我已经掌握了一些简单的兵器知识。比如，李向阳腰里别着的那对家伙都是盒子炮，嘎子爬树藏在老鸹窝里的那支枪其实是"张嘴蹬"。说起盒子炮，还有一串响当当的名号，个个都威风凛凛：大肚匣子、王八盒子、快慢机、驳壳枪、毛瑟二十响……

如果不是父亲的摄影镜头作证，说出来可能令人难以置信，三岁那年，我就穿上了父亲战友的军装，学会了敬第一个军礼。父亲说，当时已近晌午，烈日当空，我却执拗地不肯脱下军装，立正，敬礼，头要正，颈要直，口要闭，双眼平视前方，练习了一遍又一遍，军帽宽大的帽檐下，我的眼神格外认真，充满了对军旅生涯的向往。

五岁那年，我背起书包上学了，虽然有些生字还不认得，但我已经能熟练地背诵叔叔们教我的名枪顺口溜："一枪二马三花口，四蛇五狗张嘴蹬。"尽管这些武器我一件也没见识过，可我就是觉得以后参军打仗用得上。那时候，作家徐光耀编剧的电影《小兵张嘎》刚上映不久，

第七辑　辽阔胸怀

我模仿嘎子的装束立正敬礼，父亲说，第二次行军礼已经有模有样。

犹记得少年时填写履历，当我在出身一栏里填写"革命军人"时，同学们都赞叹连声。那时候，班里就数李好伟身手了得，跟头翻得好，还能手不扶地跑步空翻。放学路上吕建中就说过，你将来要当兵，现在就得做准备。我一时没接住，怎么准备？建中哥沉默半晌，抬起头说，你得练武！别怕吃苦！也就是从那天起，我的老同学每天四点半喊我起床，就在操场上开始了站桩、扎马、推掌、弹腿、冲拳、跳跃，一旁的师父不断纠正着我们的动作要领，拳如流星，腰如蛇行，气如雷霆，势如怒涛，对，出拳！踢腿！旋风脚！下竖叉！多年后我看电影《少林寺》，周身的热血还往上涌，多想再回到少年时代，看好伟哥接连几个空翻，转身和建中哥再对练一场！然而谁又能料世事无常，建中哥和好伟哥都已经不在了……

我是军二代，骨子里涌动着一股血性。按当年的学制，小学六年，

父亲的城市

初中三年，高中两年，但我已经等不及了。十四岁那年，初中刚毕业，我就对父亲说，我要当兵！父亲十分理解我的心情，用自行车驮载着我，一家家寻访当年的战友……当我参军一事终于大功告成，父亲带我去拜见当年的老首长。

眼前的这张照片，站在中排左二位置的就是当年八路军冀中军区第十军分区卫生处处长徐选和伯伯，徐伯伯是老红军，参加过两万五千里长征。他也是我的中篇小说《父亲快跑》里野战医院徐首长的原型。站在右一位置的我父亲，当年十三岁投八路时还是个孩子，队伍行军路上，徐伯伯一高兴，就把我父亲扛骑在他的肩膀上，笑呵呵地跑上一气儿，队伍里立刻漾起欢声笑语。

我兴奋地向徐伯伯报告了即将当兵的喜讯，没想到徐伯伯突然发火了，他转身冲着我的父亲吼道：初中毕业就放他去当兵？胡闹！再过十年，初中文化就等于半文盲。你准备把一个半文盲送到部队？谁办的接兵手续？给我退掉！立刻退掉！

那一刻，父亲的老首长仿佛又回到了枪声阵阵的芦荡深处，他手

第七辑 辽阔胸怀

臂奋力一挥，转过身来望了我一眼说，我们当年和鬼子血战死拼为了什么？就为了今天你们能坐在教室里安安稳稳地读书！谁也不能抢走你读书的权利！你的高中还给你了！你要认真地读！下苦功夫读！书读不好，怎么好意思当兵？队伍要的是有文化的兵！

那是"读书无用论"甚嚣尘上的年代，再怎么读书，也没有大学招生；再怎么读书，也得"上山下乡"。很多同学都对书本失望了，而我却犯了犟脾气，发狠地读书。记得曾有同学笑我，期中和期末考试门门功课都在九十五分以上，到底是班里年龄最小、脑瓜没开窍的小屁孩儿。少年时代的两年高中，强烈激发了我的求知欲，我近乎疯狂地迷上了诗歌和绘画，借读《普希金诗选》和泰戈尔的《吉檀迦利》，手抄了一本又一本，星期天去听文化宫举办的文学讲座，夜晚坚持读夜校的国画学习班。临近毕业，我报考了省艺校舞美设计专业并顺利进入复试，恰在这时，野战部队带兵的首长在城市中学生画展上看到了我的获奖作品，通过走访学校终于联系到我……

我的班主任卢锦参老师把我叫到语文教研室，送我一册精美的日记本，扉页题着他的一首诗。卢老师诚恳地说，我要嘱咐的话都在这首诗里了。自古都说"投笔从戎"，我却希望你"携笔从戎"，野战部队训练再苦再累，千万不要停笔。你可以忘记母校，忘记我，一定别忘记写作……

这些天，我正沉浸在电视剧《白鹿原》之中，一代大儒朱先生含泪诵读写给原上子弟鹿兆海的祭文，砸了砚台，烧了毛笔，和老先生们一起投笔从戎，义无反顾，跋山涉水来到黄河边，即使碰死在鬼子的枪炮下，也得让鬼子知晓中国人誓死守土的决心。和平年代，我的恩师殷殷嘱咐我携笔从戎，一投一携，俯仰之间，天地辽阔，沧海桑田。

多年后，我的诗集《生命辉煌》出版了。虽然那时我已脱下了军装，但在与军校学员们进行创作交流时，我又一次感受到了那熟悉的军旅气息，置身于年轻的战士们中间，我的诗心又一次蓬勃了……

父亲的城市

　　我的目光穿越了时光的隧道，仿佛又一次看到十六岁的自己，还有他用稚嫩的笔写下的诗行，那是我在《解放军报》上发表的处女诗作《南疆的路》："曲曲弯弯，旋上峰顶；飘飘忽忽，挂在峡谷。南疆的路，青藤拧，脚印铺，晨曦里如彩练，月光下似飞瀑。山路是弓，战士是箭镞……"

　　那个战士的从军路啊，也是这般曲曲弯弯，飘飘忽忽，万里之遥。从童年到少年，就那么地渴望归队，归队，归心似箭，终于搭上了弓弦……

第八辑　时代跫音

　　1978年，改革开放后的第一个春节，父亲走上街头，拍摄下了民众舞狮欢庆的场景。父亲说，当时雪花飘飘，如果细看，还能看到画面中的雪花点点……

第三十五个秋天

我当了兵,又读了大学,再回到小城时,忽然就觉出了小城的小。当兵在山西,无论忻州古城还是省会太原,那里都有着鲜明的口音;读大学在北京,京腔京韵自是分明。而石家庄是"火车拉来的城市",

父亲的城市

口音自然南腔北调。有人还归纳得头头是道：城北是正定口音，城南是栾城口音，城西是获鹿口音，城东是藁城口音。我父母都来自保定地区，父亲是定兴，母亲是定州，虽然进城后都说起了普通话，但细听还是能感受到家乡的音韵……

但毕竟是回到了熟悉的地方，一颗心也渐渐地安静下来，这也就是故土的力量吧。20世纪80年代的石家庄，说土不土，说洋不洋，别有一番韵味。它不比洋气的上海、讲究的天津，也不比新潮的广州、豪气的沈阳，或者文化底蕴深厚的北京和西安，但它彰显着独特，朴素而敦厚。那时，改革开放的春风刚刚吹来，小城精神为之抖擞。记得那是春三月，去大学报到前，父亲给我拍摄了一些照片，我恋恋不舍地依然穿着军装。我知道，一旦去大学报到，就和军装作别了。

我的眼镜由于度数不深，时戴时摘。父亲说，他也有一副平光眼镜，和我这副眼镜差不多。父子俩凑趣，幽默地照了一张眼镜照。

我穿军装的照片，还有就是有一年探亲时我抱着小表弟的合影。小表弟是我小姨的孩子，如今他在澳大利亚发展，他的孩子比这张照

片里的他还要大些,可见日月如梭。

记得那年我大妹妹趁我歇探亲假,也赶回家探亲,家人一起照过全家福,遗憾的是大家都想保存,反而找不到了。最后总算找到一张,感觉影像有些模糊了,想找出底片来冲洗,可我们家的底片夹,比书橱里的书籍还多,只能作罢。

大妹妹有一张和同学的合影,从背景还能看出,我家墙上的照片是我早年模仿

父亲的城市

小兵张嘎敬礼的照片，经历了童年时痴痴的向往，少年时执着的练武，又经历了高中时代的潜心苦学，我终于圆了从军梦……而转眼之间，我就要脱下军装了。

上世纪80年代的小城，是朴素的，也是安详的，虽然它也感受着

80年代特有的韵律与节奏。那时节,大妹妹还在部队当兵,小妹妹正在补习考学。那年高考,她发挥失常,以几分之差名落孙山,母亲免不了要唠叨几句,她一跺脚竟把自己发配到街道裁缝组,白天她和那些婶子大娘一起"嚓嚓"地踩着缝纫机,夜晚又在灯下摊开了课本……

我曾在一首诗中写道:

　　小妹是临时工,
　　可临时的日子没有放松。
　　生活交给她针和剪,
　　该裁的,她正在裁;
　　该缝的,她正在缝。
　　明天,当生活需要她改行的时候,
　　她不会两手空空……

那年月,我诗情正盛,用诗歌来写日记。有时候一天写好几首。陪朋友去了趟手表厂,我也即兴写诗一首:

　　我们天天造月亮,
　　给月亮装一颗心脏,
　　并且注入太阳的能量,

父亲的城市

注入东方第八时区的音响。

然后挂向手臂的森林,
挂向森林般举起的各色手臂上,
让时间的主人都看看:
中国的月亮到底圆不圆亮不亮?!

偶尔对对表,我也能写出首诗来:

我习惯在国庆十点钟,
对表,上紧我的神经。
庄重地抬起青春的手臂,
用整个身心谛听。

我听到民心,像锻锤
在信念的铁砧上,
溅起一片响亮的光明;
我听到希望,
正嘎叭叭拔节,
爆响一颗颗汗珠的星星;
我听到军魂在跃动,
跃动着年轻的中国龙;
我听到球类在翻身,
翻起一片世界的欢腾。

朋友,你想了解中国吗,
请向我手臂上聆听:
东方第八时区的鼓点,
就在我脉搏上跳,一声声……

父亲看我写诗写得五迷三道的,提醒我:今年是石家庄解放三十五周年,你也写首诗吧。我去图书馆查了资料,这才粗略地了解了小城的历史。那年,我写了一首《第三十五个秋天》,发表在当年的《石家庄日报》上:

秋阳,像一枚金质勋章,
缀在小城的胸襟上……

高楼屹立着——
像士兵列队,凝视远方。
所有的窗扇都打开了,

迎接柳叶间流淌的秋光；

从小城解放那天掐指：

菊花第三十五次在这里开放……

　　小诗虽短，却洋洋洒洒，从鹿泉的青石雕像，写到绚丽的街心花园；从曲线伸展的地道桥，写到习操练武的营房；从清洁的车间、有声有色的教室，写到松柏青青的烈士墓旁。结尾，我诗意地写道："小城，在第三十五个秋天／庄重地佩戴起希望的太阳……"

　　多年后的一天，我在北京忽然接到了父亲的电话，他说省会的报纸上，发表了我的一首诗，诗题是《第三十五个秋天》，我不禁疑惑，当年我是写过这样一首诗，是为纪念石家庄解放三十五周年而作的，怎么会出现在当下的报纸上呢？

　　那时我好像刚刚学会上网，我打开网络，仔细查找才看到报纸，却原来是编辑老师精心摘选以往历年报纸发表的文章，策划了一次特殊的纪念。感谢编辑老师匠心独运，让我看到了小城在人们眼中不同的景色，也让我看到了自己当年笔墨的稚拙和青涩……

第八辑　时代跫音

梭 子 之 歌

　　我是在纺织城的纺织大院长大的。称石家庄为纺织城，是因为小城是全省的原棉集散地，发展纺织工业有着得天独厚的优势。我国1953年开始实施第一个国民经济五年计划，其中就包括石家庄纺织工业基地的建设。按照规划，华北纺织管理局决定在石家庄市区兴建"棉一"到"棉四"四个棉纺织厂和一个印染厂，组成纺织印染联合基地。棉一、棉二、棉三、棉四、印染厂，从西到东依次排开，小城的这个布局被人们风趣地称为"四个闺女一个小子"。

　　准确地说，我是在棉四纺织大院长大的。有一天我忽然发现，纺织大院长大的孩子，很多都喜欢诗。我们楼下的女孩儿三三，曾经就借给过我一本李瑛的诗集《枣林村集》。现在回想起来，简直不可思议。我远在北京的小姨夫，曾经给我寄来贺敬之的《放歌集》，扉页上还题了李贺的诗句：

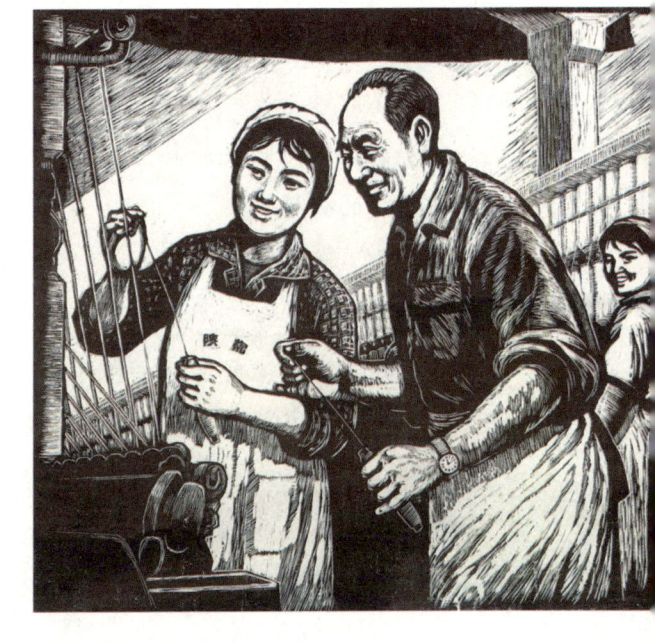

父亲的城市

"少年心事当拿云,谁念幽寒坐呜呃。"我当时还读不大懂,却着实欢喜不已。

若干年后,我看到了著名画家亢珑的版画作品《纺织工人》,感觉是那么亲切熟悉,只因我少年时代"学工"劳动便走入纺织厂,对每一支纱锭都有着别样的感情。

我喜欢上诗歌以后,写的第一首散文诗,就是反映纺织工人生活的。那是发表在《星星》诗歌月刊1982年第12期上的《我的乳名:针儿》:

>妈妈是纺织女,给我取了个好听的乳名:针儿。
>
>针儿,像一支缩小了的梭子。
>
>我开始懂事了。妈妈给我一根针、一缕线……针鼻儿里走着我的童音……
>
>妈妈退休那天,我当了装梭工。妈妈给我一支梭子,一管纱……梭子,多像一枚放大了的针儿……
>
>啊,我终于明白了,明白了妈妈的心。
>
>我也开始了穿针引线……
>
>我渐渐清瘦了,瘦得像一枚磨细了的针儿,一根磨亮了、磨烫了的针……
>
>妈妈,用我去缝补生活吧!理解扯给我一根线,已经穿进了我的心窗……
>
>啊,牢固的针脚儿伸远了,那是我生命的足迹呀!

记得那年,石家庄工业诗创作研究会成立了,曹增书和龚树河任正副会长,刘章和萧振荣任顾问。也就在那一年,市里来通知,长安公园要举办声势浩大的五一游园会。

父亲拍摄的五一游园会的照片,很有气势。画面一隅的纺织女工们最具感染力。话说当年,父亲早早就开始准备摄影器材了,提前好

第八辑 时代跫音

几天就去看场地，选角度，万事俱备，只待东风。五一劳动节临近，增书忽然召集大家开了个紧急会，他分配任务时说，咱们想在五一劳动节出个工业诗专号，你熟悉纺织生活，你来写两个纺织业的全国劳模田益兰和李淑英吧。

纺织生活，其实我不能说很熟悉，虽然在纺织大院长大，耳濡目染，但也只是每年的"学工"劳动中，走进纺织厂的布机车间学学装梭。但我也有我的优势，比如学了几句纺织术语，了解一些皮毛，总比没进过纺织厂的要强些。我想采访一下田益兰和李淑英，龚树河说没时

父亲的城市

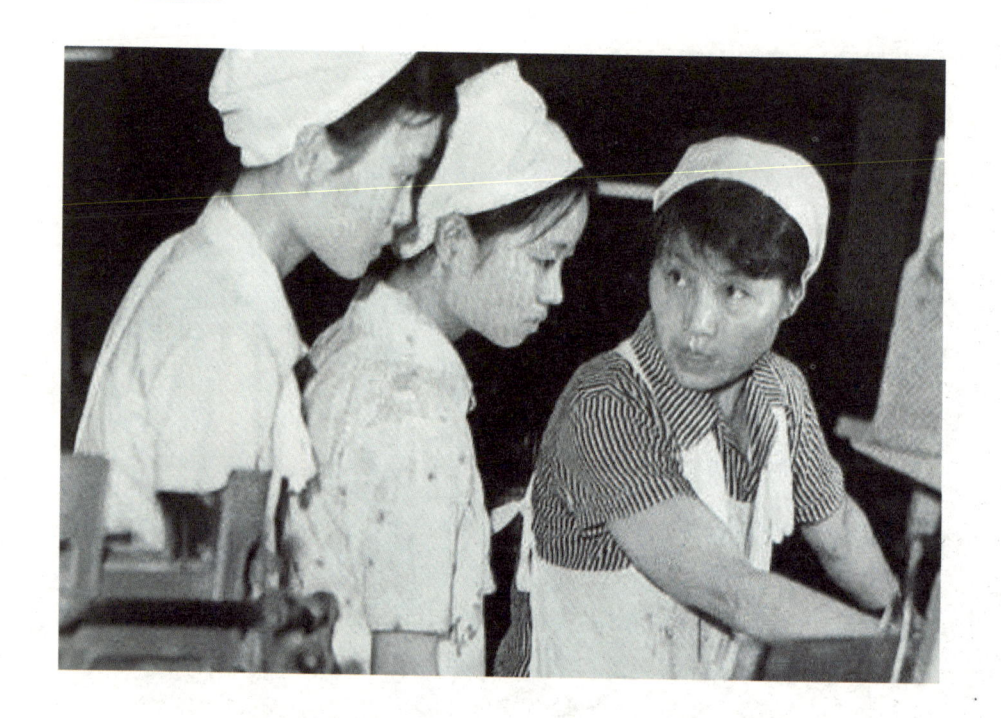

间了，你是写诗又不是写报告文学，看看材料调动一下想象吧。

就这样，我接过了劳模的材料，算是接受了任务。我没想到，读了田益兰和李淑英的事迹材料，我就被深深感动了。这册材料里，还夹带了一张田益兰带徒的照片。大概是为宣传劳模事迹，供报刊选用吧。我当时因为是写诗，不需要照片，便抽出来放到了一边。父亲看到了，便打开家中的翻拍设备，顺手翻拍了一张。记得当时我还告诉父亲，不用翻拍。父亲说是举手之劳，如今看来却是难得的历史照片了。

田益兰从1977年起，三年创一百三十个万米无疵布的纪录；1978年到1979年除完成自己的生产定额外，还多织布十万米；1979年荣获河北省劳动模范称号，1984年被纺织工业部授予劳动模范称号。

李淑英，从1974年起，七次带头给机器加转，三次扩大看台面，使产量提高45%以上；1975年创立并推广了《细纱挡车工小修理工作法》；曾连续五次获石家庄市细纱操作冠军，1978年打破河北省操作运动会细纱挡车换纱、接头记录；1976年、1977年连续两次荣获河北省劳动模范称号，1977年荣获全国劳动模范称号。

诗歌讲究细节，田益兰的事迹里细节特别丰富，比如谈到贡献，田益兰说："我曾算过一笔账，我看四十台布机，如果每天能多开一分钟的车，就能多织布三点九米，一年三百多天就能多织布一千一百多米，这不就是贡献嘛。"

我想，我应该就从这一分钟写起，就从田益兰的这一段话写起，我把这一段话抄录下来，写上破折号，破折号后写上田益兰的名字，作为我写这首诗的依据，创作了小诗《一分钟》，诗句也开门见山：

  人人掌心都攥着时间，
  但假如一分钟，
  缠绕上你的指尖，
  你也要把它穿进梭膛，
  去织出三点九米的温暖……

这首诗写完后，我竟有意犹未尽的感觉。我沉浸其中，很快又写了一首《足音》。在诗里，我像大诗人李白一样豪情放言：

  是的，真该写一千首诗，
  来赞美田益兰。
  她的手指每一次拨动，
  都牵来一片温暖的春天……

曹增书读了这首诗，兴奋地大叫：你是喝了酒写出来的吧……我大笑。《五月的鲜花》专号如期发稿，我两首诗入选，一首《足音——给田益兰》，一首《梭子——给李淑英》。

父亲读了我写纺织劳模的两首诗后，说起了新中国第一代劳动模

父亲的城市

范郝建秀,她创造的"郝建秀工作法",被誉为"一个人改变整个纺织业"。父亲当年还翻拍了郝建秀传授经验的照片,如今我在网络上搜寻,竟遍寻不见,这张珍贵的历史照片虽是翻拍,也几近失传。

今年初,我的长篇小说《朝阳门》即将完稿,朋友们撺掇我改编成电视剧,就因为这部剧是反映纺织工人生活的题材,朋友们感觉新鲜,说这种题材久违了,很多年没有看到了,电视剧有个《钢铁年代》,你就来个《纺织年代》吧。我和妻改编电视剧就耗时半年,妻说咱们写个主题歌吧,我忽然想起了当年的诗作《梭子》,这首诗简直不用改,直接拿来就是歌词,虽然稚嫩,但情感是真挚的,而且句句都是歌曲的节奏和韵律:

梭子梭子,布海里飞翔,
织长了云彩、月光和阳光。
梭子梭子,快乐地奔忙……

第八辑 时代跫音

放 春 牛

　　河北民歌有千万首,我最喜欢的是《小放牛》。它节奏悠扬,曲调活泼而有生趣。有一年我游苍岩山,感怀中写下散文《牛头柏》,还曾为《小放牛》续写了歌词:"什么树乳名叫柴牛?什么山柏树长扭头?什么人救难深山走?什么殿像桥又像楼?"那年我离开河北,走进北师大的校园,在研发一套多媒体汉语学习资源时,不知怎么又想起了河北民歌《小放牛》。受这首民歌感染,我也创作了一首童谣《放春牛》:"春花,春鸟,春枝头;春山,春雨,春水流;春分,春风,摇春柳;春歌,春草,放春牛。"

　　乡村有一句谚语:"牛马年,好耕田。"农民们从农田的耕牛联想到农用机械,所以拖拉机一般都被称作"铁牛"。"铁牛"这称呼,亲切又实在,让人忍不住就想伸出手,轻轻地抚摸或者拍打两下。当拖拉机在我国越来越普及时,连孩子们哼唱的儿歌中都出现了这样一种特殊的鸡:"我们队里喂了鸡呀/什么鸡　什么鸡/突突突突拖拉机呀/突突突　拖拉机/赛过十头大黄牛呀/哎嘿呀　哎嘿呀/整天耕地不怕累呀……"

　　在我的印象中,石家庄是先有的拖拉机配件厂,后有的拖拉机厂。也许很多小城人都像我这么认为。其实不然,这些天我仔细地查阅了史料,竟吓了一跳。这家企业的变迁,简直可以写一部"创业史"。

父亲的城市

小城和平路上的这家企业，原名"石家庄拖拉机厂"，创建于1958年初春时节。第二年冬，国家农业机械部确定该厂改建为专业拖拉机配件厂，列入国家限额以上项目，更名为"石家庄拖拉机配件厂"。

1975年冬，石家庄拖拉机配件厂与石家庄拖拉机厂合并，改为"石家庄拖拉机厂"。说到拖拉机厂，就要说到父亲的获奖作品《相牛》。父亲拍摄的是"春牛"，所以先从"春"说起。

1978年，改革开放后的第一个春节，父亲走上街头，拍摄下了民众舞狮欢庆的场景。父亲说，当时雪花飘飘，如果细看，还能看到画面中的雪花点点，地上已渐渐地白了。

父亲对石家庄拖拉厂很熟悉。那时候，工人文化宫的摄影课上，父亲结识了许多来自各工厂的摄影爱好者，像华药、煤矿机、焦化厂等等，其中自然也少不了拖拉机厂的学生。

父亲说，新型拖拉机批量出厂时，总有成群的记者赶去，现场有些混乱，反而拍摄不了作品。有次他得知消息赶去拍摄时，因为去晚了，记者们都散去了，几个农民朋友得以静下心来，仔细地相看拖拉机，父亲终于捕捉到了这精彩的瞬间，并为它取了个得意的名字《相牛》。后来父亲说，穿白汗衫的老汉手里拎的黑色拉链文件夹里，装着的就

父亲的城市

是买拖拉机的钱,老汉自己说,他已经来过两趟了,这趟算是下定决心了,他左挑右选,还真是相牛,相得那叫一个仔细……

这幅作品曾获农业机械部举办的影展摄影奖,后来又入选中央电视台农业节目的纪录片片头,虽说只是一闪而过,父亲却为此高兴了很久。

有关拖拉机方面的题材,从此成为父亲十分关注的一项主题内容。父亲的摄影作品讲究立意,翻拍的资料也自成体系,比如拖拉机手和拖拉机。在父亲的翻拍收藏里,有新中国第一代女拖拉机手、新疆建

第八辑 时代跫音

设兵团第一代进疆女兵、闻名全国的劳动模范金茂芳；有农业部京郊拖拉机站第一批女拖拉机队的队员们……

　　作为有着悠久的农耕文明传统的国度，我们对于土地和粮食的热爱，已深深地融入骨髓和血液中。当红彤彤的拖拉机驶过广袤的土地时，给我们带来了多少欢欣与鼓舞，那是对效率与力量的渴盼，那是对五谷丰登的热望，那是希望的田野上一曲欢腾喜悦的歌……

父亲的城市

金秋的收获

　　秋天是收获的季节，而 1983 年的秋天，父亲也收获到了他至今还津津乐道的一组新闻摄影作品。那年的 9 月，秋高气爽，"河北省新产品、新技术、优质产品展览会"在省展览馆开幕。父亲早前就被抽调出来，参加了展览的设计、布置和拍摄宣传工作。

展览会开展那天，是9月1日，父亲站到石家庄饭店的楼顶上，选了个角度拍摄了省展览馆全景照片。父亲回忆说，那天，天上的云彩就像风吹过的波浪一样，一波一波的，反而显得那么宁静。看着就让人舒坦，心里安静。父亲走下石家庄饭店的高楼，心情愉悦地走回省展览馆，进馆前他又转过身来，拍摄了以广场喷泉为前景的国际大厦酒店远景照片。

父亲走进省展览馆的展厅时，各单位的展区前人群已经渐渐多起来。这是全省新产品、新技术、优质产品荟萃的一次展览，规模空前。三十年后，在《改革开放中的今天》和《方志河北》中，还能查到这样一条讯息："1983年9月1日全省新产品、新技术、优质产品展览会在省展览馆开幕。参加展出的共791个单位，展出新产品1430项，其中有较重大新技术166项，荣获国家、部、省优质产品称号的产品490项。"

父亲说，那真是一次高规格、大规模的展览，前来参观的人们络绎不绝。时任河北省省长的张曙光和时任副省长李锋一行也前来参观展览。父亲记得那是在第一展厅，他有意让出了展牌，退到了与之背

父亲的城市

对的角落，这样就能确保画面上有介绍"机械电子工业"的展牌做背景，张曙光省长走到了画面正中的位置，似乎看出了摄影者的用心，他伸出手拉着副省长李锋的胳膊，画面眨眼间进入了最为理想的状态，父亲适时地按下了快门。

原河北省委第一书记、后任中央党校校长的高扬，原本在天津做短暂休养，听说河北省举办新产品、新技术、优质产品展览会的消息，也从天津赶来了。父亲特意选择不同的场景拍摄，守候在一台新工艺设备前，高扬和老伴走来了……

这次展览还未结束，父亲就接到通知，准备参加在北京举行的全国新产品展览会；而且，负责此次展览的美术设计、规划布置和拍摄宣传任务的，只有父亲一人。

这两天，我在网络上搜索资料，看到了三十年前的一篇新闻综述：

新中国成立以来规模最大的全国新产品展览会，1983年

第八辑 时代跫音

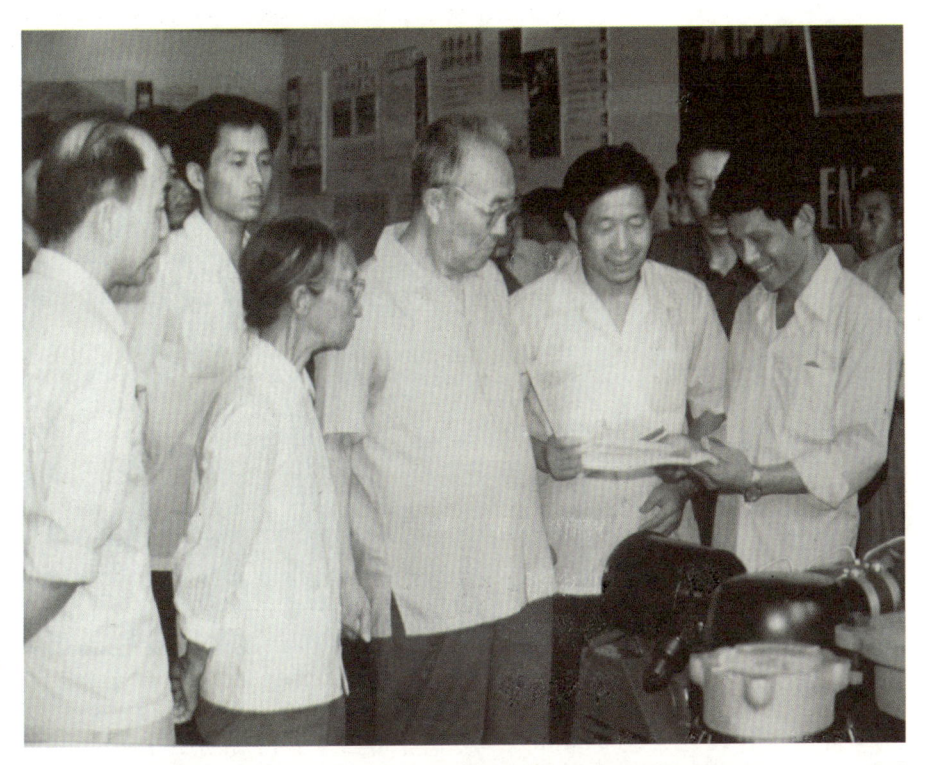

父亲的城市

11月7日在北京农展馆开幕。展览会由国家经济委员会主办，展出了全国各省市自治区1981年以来的重工业新产品和1982年以来的轻工业新产品共七千余件。这些产品基本上符合"有水平、有批量、有用户、有效益"的要求，其中约有10%的产品达到了国际先进水平。

我把网络上这篇报道念给父亲听时，再一次勾起了父亲的兴致，他感叹说，那次省展览馆的展览确实规模空前，展览临近结束，他又被紧急抽调出来，赴京参加全国新产品展览会河北展馆的设计、布置和宣传工作，因此拍摄到一组非常珍贵的历史照片。

站在镜头前的是开国中将廖汉生。父亲说，他能捕捉的时间只有短短几秒钟，相机的光圈和速度早已调整好了，他在对焦屏里等待着时机，廖汉生刚用拳头一叉腰，父亲就果断地抓取了这一瞬间。照片很快洗出来，展览会里各省代表队的代表叫好声一片。

第八辑　时代跫音

父亲说，展览会盛况空前，他的镜头都有些应接不暇了。当时任国务院副总理的黄华出现在展厅时，他文质彬彬的儒雅气质，让父亲

父亲的城市

至今想起来，还印象深刻。

这是父亲拍摄的在河北展厅翻看宣传彩页的方毅。我读大学时，他时任中国科学院副院长、国家科学技术委员会主任。我印象深的，还有方毅提出的口号"科技要大上，人才要快出"。当年我们班经常组织学习，我负责读报，曾经学习过方毅在1978年全国科学大会上所做的工作报告。

父亲还记得，参加全国新产品展览会江苏省队的一位代表，特意要走了彭冲参观展览会的照片，他说在江苏和南京，说起彭冲的名字家喻户晓。彭冲曾任南京市市长、江苏省委副书记。动乱的年月里他力排众议，坚持保护历史文物古迹，把南京市城墙的大部分保留下来。南京长江大桥、明城墙、瞻园、北京东路雪松大道……都留有他的心血和脚印。

在父亲拍摄的照片中，还有一位乘坐轮椅前来参观的老人。父亲说，

第八辑　时代跫音

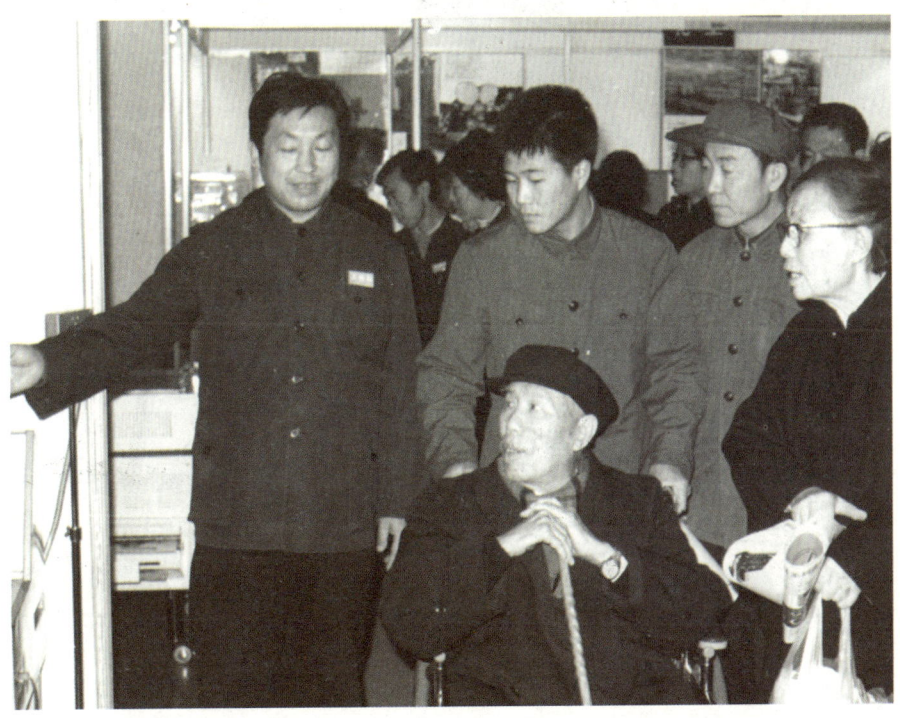

父亲的城市

他听馆员们介绍，这就是著名教育家成仿吾，当时他已八十五岁高龄。他在参观这次展览的半年后，就不幸病逝了。因而父亲拍摄的这张照片，很有可能是成仿吾生前最后一次参加公开活动的照片。

父亲说，那年 9 月，在省展览馆拍摄参观人群时，相机上的闪光灯忽然"啪"的一声爆响，在场参观者都吓了一跳，父亲查看时，闪光灯竟完好无损，仍能正常使用。讲解员开玩笑说，这说明你要拍到好作品了，咱们这次展览会，展出的可是咱河北的拳头啊！

参加这次展览会不久，父亲又参观了秦皇岛码头，拍摄了这幅作品。有杂志编辑上门约稿，看到这幅作品，很是喜欢。问取好名字没有？这期刊物就能发表。父亲想起讲解员关于"河北的拳头"的形象比喻不由得笑了，说这幅作品有个好名字：《咱们工人有力量》。

父亲的城市

沉绿湖畔

　　翻看父亲的一簿簿家国相册，端详着一张张历史照片，如同抚看一页页年轮……

　　在父亲拍摄的这些历史照片中，有两张河北省展览馆悬挂起大红横幅的照片，看起来格外亲切，因为那是我在小城生活时，日日要经过的街道和最为熟悉的景观。

第八辑　时代跫音

　　这两张河北省展览馆悬挂大红横幅的照片，一张悬挂的是横幅标语："热烈庆祝中华人民共和国成立三十五周年"，一张悬挂的是河北省展览馆新展览开幕的标语："热烈庆祝中华人民共和国成立三十五周年，《河北省经济建设成就展览》《可爱的河北展览》开幕"，按时间推算，毫无疑问，这两张照片拍摄于1984年。

　　父亲说，这两张照片的拍摄时间，相隔还不到一个月。我仔细地看了看，果不其然。第一张照片拍摄于农历正月，展览馆广场上的喷泉还欢快地喷水，年货的销售摊点还未撤去；第二张照片却拍摄于春寒料峭时节，刚好是新展览的开幕式当天，因为开幕式即将举行，馆前的喷泉刚刚关闭，水池的波纹还在微风里颤动，仕女雕塑的周围摆放着鲜花，观看展览的各单位的队伍已经聚集在主席台前……

　　也就在这一年的农历正月十四，年还没有过完，整个城市却被一个消息震惊了：西郊动物园，沉绿湖畔，一个名叫王德恒的青年，为抢救不慎落入冰窟的儿童，献出了自己年仅二十八岁的生命。

　　时间再回到1984年2月15日那天下午，第二天就是元宵节了，西

父亲的城市

郊动物园里还洋溢着节日安详喜庆的气氛,特别是孩子们,要利用开学前这短暂的时光,好好再享受一下游玩的快乐。而这一天,王德恒也陪着父母和家人来到了这里,玉带桥旁,当王德恒想给家人好好取个景,多照几张相时,突然,从公园西北角的沉绿湖边传来急促的呼救声:快来人啊!有人落水了!

有人落水了!当时的王德恒,想都没想,立刻扔下相机,就往出事地点跑。深明大义的父亲一边催促王德恒的哥哥也快去救人,一边在儿子的身后喊着,让他脱下衣服再去救人。但王德恒似乎已经无暇顾及这些了,救人要紧!王德恒快速跑到湖边,一个小男孩正在湖心冰窟中挣扎,跑在最前面的他顾不上脱掉呢子大衣和厚厚的棉袄,就率先跳下结冰的湖面……

那时已是早春时节,天气转暖,湖面的薄冰不堪重负,"咔嚓、咔嚓"在继续断裂,岸边的人群中有人大声提醒:"危险!快趴下!"王德恒赶紧趴到冰面上,匍匐前进,而此前,他的腿曾在工作中被铁屑打伤,刚做完手术还没一个月……

救援的人们这时纷纷赶到,沉绿湖畔,眨眼之间呈现出一幅壮观的图景:几人、十几人、几十人……纷纷加入到了救人的行列。素不相识的人们趴在冰面上,后面的人拉住前面人的裤腿,两岸组成了两条人链,一点点向出事地点延伸。远远望去,就像天空中的大雁,渐渐组成了人字雁阵,投映在冬天的湖面上……

一位年轻的解放军战士急中生智,想起在冰层中打开一条通道可以将人救出,于是用双臂狠命捶击冰块,不少人也捡来砖头、木棍等用来凿冰。慢慢地,路开通了,人们解下皮带、围巾,甚至脱下外衣拧成绳子,沿着通道实施抢救,终于,冰窟里的男孩被成功救上岸,由于孩子在水里时一直被营救人员托着,上岸后他的小棉帽子还是干的。

而这时的王德恒,却被浮冰卡住了脖子,撞破了前额,入水时顾不得脱去的棉衣,浸水后异常沉重,生生把他拖向水底,耗尽了这位

第八辑 时代跫音

二十八岁的年轻人最后的一点力气……

　　王德恒和众人冰窟舍身救儿童的事迹震动了省城。就在几个月前的1983年9月3日，王德恒在写给党组织的入党申请书中承诺："为保卫祖国和人民的利益，在一切危险和困难的时候挺身而出。"石家庄市委，市政府召开表彰大会，表彰王德恒和来自沈阳、天津、北京、陕西、山西、青海、保定、张家口、石家庄市的三十二名救人英雄。然而，在外地工作的人们在救人的第二天就悄悄离开了，有的人头上还缠着绷带……

　　父亲站在王德恒烈士纪念碑前，拍摄下了瞻仰英雄事迹、悼念王德恒烈士的人们。而且从那时起，每当给同学们上摄影课，他都把同学们带到王德恒烈士纪念碑前，以英雄王德恒为摄影主题，布置一道课堂作业，让同学们自己去找焦点。

　　王德恒走后的第二年春节，是石家庄历史上罕见的暖冬。父亲来到沉绿湖畔，天上飘起了小雪，玉带桥上，也薄薄地落了一层。当年，

父亲的城市

— 244 —

王德恒就是在这座小桥旁给家人拍摄照片时，听到了小山后边的呼救声，冲向出事地点的……父亲一个人徘徊了很久，不禁又一次端起了相机，那时节，沉绿湖畔，桃花悄然开放，松柏依然苍翠。

照片洗出后，父亲又一次拿起了画笔，在黑白照片上着色，他想告诉英雄：沉绿湖畔的桃花开了……

这是父亲当年的一幅获奖作品，父亲给这幅作品取了一个名字：《沉绿湖畔春来早》。

父亲说，已经好些年没有去西郊动物园了，听说现如今它已经改了名字叫裕西公园，等来年开春，真想再去走一走啊……

心灵照相簿

上世纪80年代中叶，父亲离休了。省城的报刊上，父亲的艺术摄影和新闻摄影作品忽然多起来，那时候打开报刊，准能在图片下面看到父亲的名字。

记得诗友陈德胜曾拿着一册河北省委老干部局编辑出版的《老人

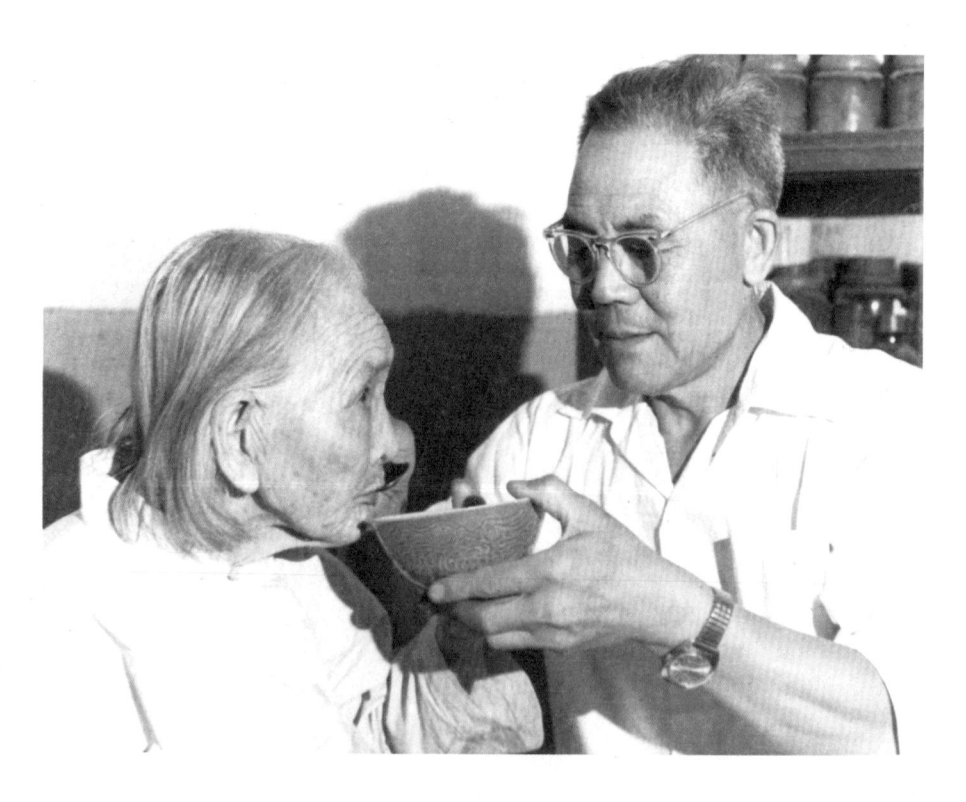

世界》给我，说这期有篇文章《革命人永远是年轻》，问是不是我父亲写的。文章开门见山，也文通句顺，大意是离休后情绪有些低落，不承认自己老了，想为社会干点儿什么。我笑了，应该是父亲的手笔。

父亲就是这性格，有点儿像电影《英雄儿女》里的王复标。记得王复标还写过一首诗《呈党委》："我儿抗美逞英豪，爱女援朝志更高，吾虽年迈力未衰，为党为民不服老。"这么多年过来了，《英雄儿女》依然是我最喜欢的电影之一。

没想到父亲的这篇心得小文，很快也引发一些关注。三十年后，父亲回忆说：当年，市民政局辗转找到了他，交给他一些文字材料，说这是咱们市里尊老敬老道德模范和老所有为精英人物的事迹材料，您在不影响身体健康的情况下，有兴趣可以采访拍摄。

那时候省会文化宫和职业中学，已经邀请父亲教授摄影课，父亲身边总跟着几个求知若渴的年轻人。说是带徒，其实徒弟和我年龄也

父亲的城市

差不多。父亲接受了"任务",几个年轻人便骑着自行车,跟随着父亲走机关下厂矿地去采访了。

时隔多年,父亲回忆说,当年的采访拍摄,有的是在市区厂矿,

第八辑　时代跫音

有的是在郊县农村，同学们难免有事情，但有个酷爱摄影的国棉三厂的青工叫杜兰山，二十几次采访都跟了下来。

父亲这么一说，我想起来了，小杜戴副眼镜，感觉人很踏实。我回家时偶尔见到小杜，他总会站起身，客客气气地打声招呼。

拍摄省城的年度新闻摄影作品，有时要深入获鹿农村和井陉矿区，各县的县委宣传部大概已接到市民政局的通知，当即安排车辆接送。但父亲一般情况下，除了去县里采访拍摄，市区里一律骑自行车往返。

很快，父亲的这批新闻摄影作品，就陆续地见诸报端，先后发表在《人民日报·海外版》《工人日报》《中国老年报》等报刊上。

石家庄市民政局的领导兴奋地告诉父亲：《中国老年报》编辑特别开心，说父亲投去的新闻摄影作品不仅新闻感人，重要的是人物形象生动，神态活，构图讲究，已经很久没有见到这样的新闻摄影作品了，每投来一稿，就会迅速采用见报。编辑想专程来石家庄采访他。

父亲婉拒了编辑的采访之意，他坦诚地说，自己是在部队医院跟

父亲的城市

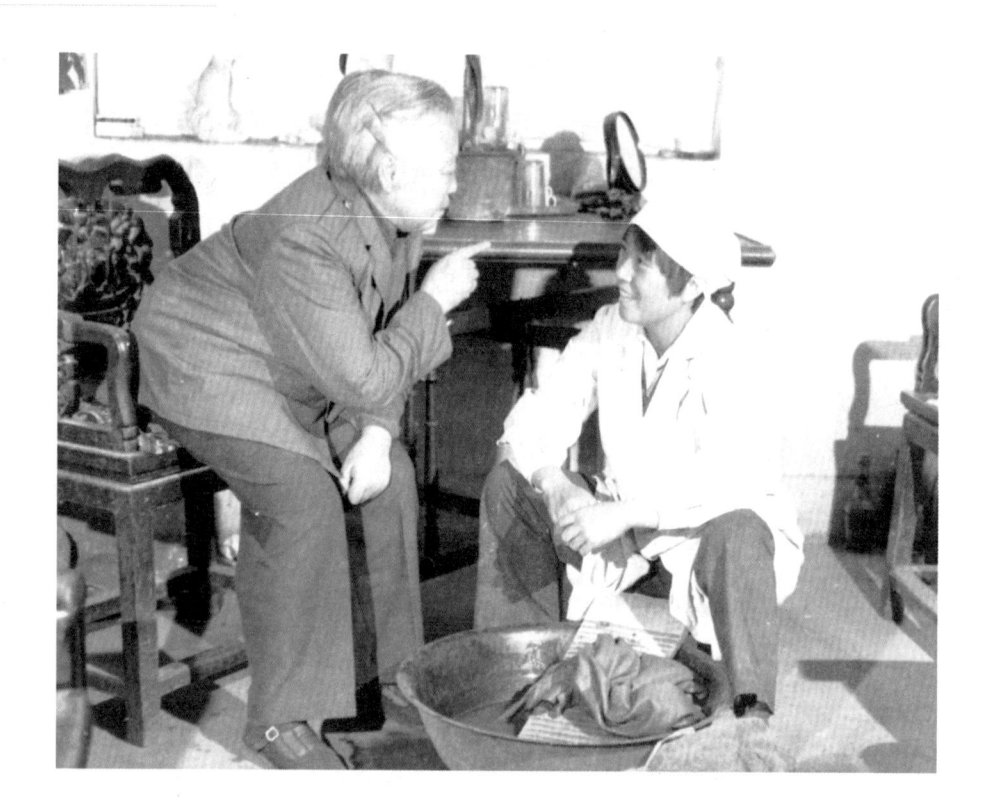

随负伤的战地记者学习的摄影，年轻时是业余爱好，如今离休了才有了大把的拍摄机会，实在不必专程赶来……

父亲镜头下的人物，有八路出身为战争年代掩护救治过自己的房东大娘养老送终的华北制药厂工程师毋顺堂，有几十年如一日对辖区一百二十一名离退休孤寡老人悉心照顾的运河桥粮油食品店，有精心侍奉公婆而且妯娌间和睦相处的井陉矿区好儿媳郭素玲，有离休后担任市场义务检查员的原桥东区副区长徐国才……

有自办敬老院照顾不能自理老人的井陉县南障城镇农民吕二成，有数年来坚持照顾五名孤寡老人的郊区孙村粮店职工邢翠英，有回乡开办农村幼儿园的获鹿县离休教师谷善基，有离休后回村腾出自家两间房自费办起图书室和医务室的原正定县民政局局长王计忠，也有离休后积极编撰县志的获鹿县人大副主任侯继中……

有照顾公婆支持丈夫在部队安心服役的好军嫂卢春花，有离休回村在家饲养千余只鸡扶植带动很多家庭养鸡专业户的原栾城县工商局

父亲的城市

第八辑 时代跫音

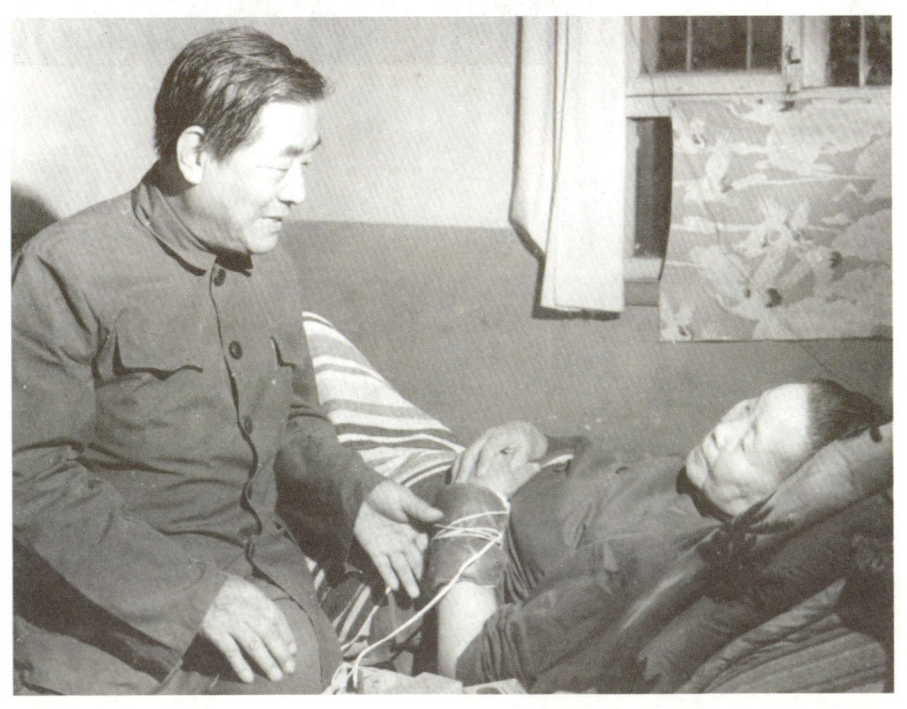

父亲的城市

局长张新元，有被称为"闲不住的老革命"的解放路办事处离休干部梁庄华，有退休后学医义务为居民治病的原桥西区税务局干部燕培青，

第八辑　时代跫音

有帮助村民办起造纸厂、陶瓷厂、瓦厂的井陉县离休干部高保山。

父亲的这些新闻摄影作品，拍摄于1988年的秋天。三十年过去了，但上世纪80年代，在父亲的镜头下，变得那么生动可感，亲切鲜活。

上世纪80年代的省城，有着昂扬的精神面貌。是啊，人们的精神越健康，社会的面貌越阳光。从父亲拍摄的这组新闻摄影作品里，你还会感受到更多的生活细节。

石家庄市委老干部局、市老龄问题委员会、市民政局面向社会联合发行了这套新闻摄影图片，时任市政协主席的王纲欣然题名：《老龄精英尊老敬老图片集锦》。

父亲当年在拍摄这套新闻图片过程中，刚好看到年轻的军人为驻地居民更换液化气罐，他又习惯性地举起相机，出手就拍摄了下来……

这套新闻图片发行后，邻居们看到了，专程赶来告诉父亲：小区里有位退休医生，每天背着药箱义务巡诊，今天要到小区某栋楼给生病的大娘看病。父亲二话没说，背起摄影包赶去了……

父亲的城市

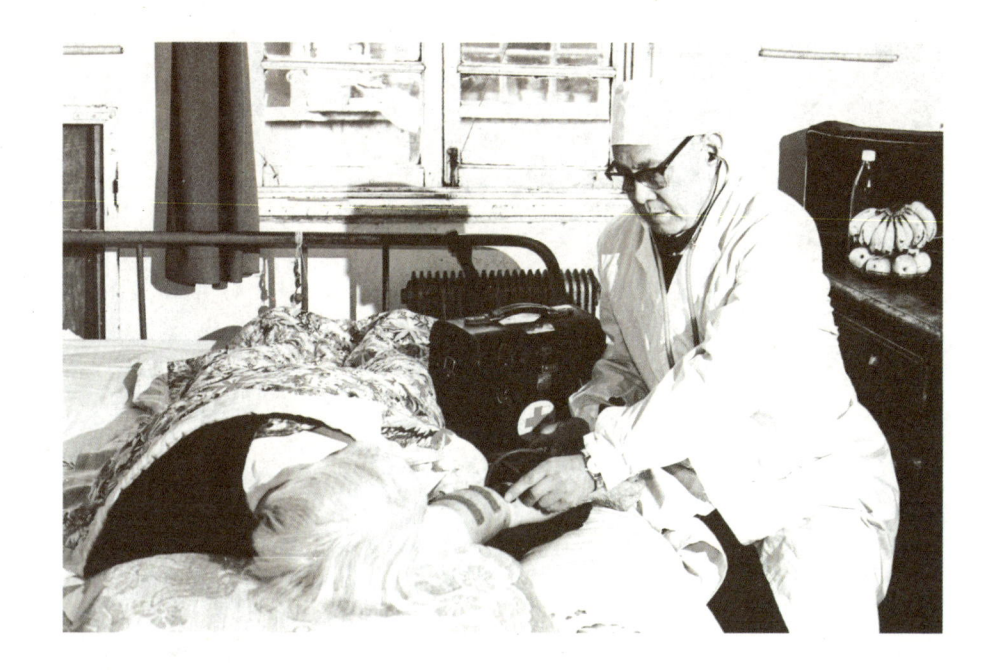

　　父亲用他的相机，记录着这个时代美好的人与事，也记录着一个时代所折射出来的心灵的光华。转眼间，三十多年过去了，而这本心灵的照相簿，却永远不会褪色……

大暴雨 1991

父亲喜欢看电视新闻，首播看了，重播也看。

历史进入 1991 年夏季，家人都关注着新闻节目，每天清晨就把电视打开了，晚间新闻播完了，还舍不得关闭。

那年夏季，华东多流域出现特大洪水，暴雨肆虐，江淮告急，长江支流的滁河、洞庭湖的澧水、安徽的水阳江都受到影响，其中太湖水位超过了历史最高水位。全国有十八个省市区遭受洪涝灾害，受灾耕地面积不断扩大，房屋成片成片地倒塌……

父亲的城市

家中订阅着好几份报纸，报纸好像都被暴雨浸泡过，每条消息都能拧出湍急的洪水……

华东地区的特大洪水中，江苏和安徽影响最为严重。阜阳暴雨连连，这个地区十一个县市累计降雨量达一百多毫米，灾情最为严重的亳州市降雨量竟高达二百七十多毫米。时值小麦灌浆成熟待收、早稻吐穗扬花之际，这一场接着一场的大暴雨，让群众损失惨重。

滁河接连两次发生有资料记载以来的最大洪水，江苏兴化县城区马路，水深达两米，可以行船；无锡城在半米深的水里泡了两个月。湖北巴东降大暴雨，县城里的洪水竟从楼房中倾泻而下……

洪水无情，大暴雨中竟传来震惊省城的消息：石家庄装甲兵指挥学院青年军官周丽平，在开赴安徽省颍上县执行抗洪抢险的任务中，不幸牺牲。

那是1991年的7月初，刚从石家庄装甲兵指挥学院毕业的周丽平，放弃探亲假，比规定时间提前四天赶到了南京军区某部三连，任见习排长。连队考虑周丽平刚到部队，行李还在托运途中，决定让他留守在连队，但那时，适值皖、苏、浙遭受百年不遇的洪灾，周丽平坚决请求参战，借了一个留守战士的背包，当晚就随连队出发，到达淮河大堤险要地段。在那里，周丽平巡视河堤，废寝忘食，连续守护了六天六夜。1991年7月19日下午，一艘装满救灾物资的水泥船搁浅在颍河沙滩上，部队紧急抽调官兵前往救援，周丽平和战友们向搁浅的船只游去，湍急的洪水如恶兽扑来，年轻的生命被激流吞噬……

而此时，周丽平从军校毕业分配到部队，才仅仅只有八天。

回顾烈士短暂的一生，在他二十二年的履历里，每一步都走得那么扎实，那么笃定。入伍第二年，周丽平就担任班长，还被评为国防勇士；第三年他进入装甲兵指挥学院学习。1991年6月，周丽平加入中国共产党，一个月后，就奔赴了抗洪抢险的第一线……

中央军委授予周丽平"抗洪救灾模范"荣誉称号。在安徽颍上县周丽平烈士牺牲的大堤下，在浙江丽水万象山革命烈士陵园，人们为周丽平烈士矗立起纪念碑。人们忘不了这个英姿勃勃的年轻军人在滔滔洪水中的身影，他奋力地向前游着，一个浪头打来，他抡起的手臂在水雾中定格成永恒……

这个夏季，我被洪抗烈士周丽平等英雄们的事迹感动着，心潮澎湃，很想写一首诗作。父亲听说了，要立刻去搜集有关洪灾和洪抗英雄们的照片，我说不用了，我写的是诗歌，诗歌是不需要配照片的。可父亲很执着，依然默默地找同行们，跑图片社，终于搜集到一些清晰的影像资料。我看着这些照片不禁叹服：这光影效果，是报纸印刷的照

片不能比拟的。

1991年9月25日,《石家庄日报》刊发了我的诗作《大暴雨1991》,如今重读,我的心灵又受到了一次洗礼:

翻开中国四季:
七月是辉煌的主题。
淬火的七月,
在一九九一,
将站在洪峰之上——
接受大暴雨的洗礼!

从卫星云图,
看苏浙皖地区:
降雨云团狰狞、诡异。
七十二水漫淮堤!
津浦线——琴弦已断,
滁河水——野马失蹄……

是一片片国防绿橄榄绿,
荡成舟铺成桥筑成岛屿,
生长过神话的土地,
也生长愚公和大禹。

共和国不会忘记:
周丽平,二十二岁的军校生,
和雷锋一样年纪。
走出校门喘息未定,

第八辑　时代跫音

就扑进了风波浪里，
六天六夜，用生命走完了
一个共产党员的预备期。

子弟兵不会忘记：
薛文姐，安徽肥东的农家媳，
和红嫂一样美丽。
战士被蜈蚣咬伤手臂，
她挤出乳汁疗伤处理，
饥寒、疲惫、焦急——
她实在挤不出太多奶水，
却挤出了铁男儿的泪滴……

老百姓不会忘记：
李德宏，舍身忘己的好干部，
和种子一样平易。
风里雨里打桩固圩，
脚趾溃烂伤痕遍体。
乡亲们在哭诉在追忆——
他是累死在水里的呀，
像种子，埋进了这片土地……

从痛苦中抬起头来，
一辈子没坐过火车的乡亲，
为了保住铁路，
含泪炸开大堤。
从沉重中抬起头来，

父亲的城市

七个土生土长的兄弟，
为了抢救群众，
水中英勇捐躯。

此刻，打开电视机，
党的总书记察看水灾地区，
国务院总理主持治洪会议，
赈灾义演拨动万民心弦，
认捐电话谱出动人歌曲。

翻开中国四季：
七月是辉煌的主题。
淬火的七月，
在一九九一，
就站在洪峰之上——
唱出新时代的旋律！

第九辑　家园景深

　　阳春三月，梨花遍野，犹如漫天飘雪。总面积达二十五万亩的赵州梨园风景区，春天铺开二十里花海，秋天挂满黄澄澄的金灯，我的父亲也背起相机，去拍摄那醉人的风光……

两个小八路

进入新世纪,《河北画报》邀我和妻共同开设一个专栏,名字就叫《燕赵书屋》,集中采写河北名家。首先进入我们视野的是一对老友,绰号"泥佛"和"土佛"。我们和编辑谈了想法,要写就一对一对写,互有关联,又相映成趣;编辑觉得这个创意不错,答应了。

泥佛和土佛,是一对老友的昵称。

那还是"头朝下脚朝上"的日子里,作家徐光耀背着个"老右"的大名,识时务者避之唯恐不及。可有么一天,画家韩羽却找上门来,他坐下一笑说:泥佛对土佛,两相差不多。同气相求,同声相应。即便是泥菩萨过河,即便是大水冲了龙王庙,可佛依然是佛。泥佛有泥性,土佛有土性,一把泥土藏着血性……

我写了这一栏的导语,然后我和妻分

工，我写徐光耀，她写韩羽。于是我们分头采访。父亲听说我要写徐光耀，当即问道：是写《小兵张嘎》的徐光耀吗？我说当然。父亲立马背起摄影包，一番话让我震惊。父亲说，徐光耀是小八路出身，我正想认识认识，我们都是冀中部队的兵，他是老兵，我们有话说。

我一路上有些感叹，父亲的功课比我做得还足。我当时还说不清徐光耀在八路军哪个部队，只读过他的长篇小说《平原烈火》，中篇小说《小兵张嘎》，还听过一次他做的报告。父亲说：我看过报道，他先是在特务营，后来又去了锄奸科，那可是野战部队最让人向往的兵。父亲的话让我忽然笑起来，我想，父亲当年也有一股血性，一个卫生兵，却向往着杀敌、锄奸，我要是首长，也得说父亲几句。

到了徐光耀家，父亲和徐光耀果然聊得投契。父亲叹口气说，我大哥赵国祥十九岁就已经是八路副连长了，后来被鬼子和"白脖儿"活埋了。父亲说到这儿，忽然梗起脖子："老李"把我领到部队时，

没跟我说清楚，让我当卫生兵。我当时扭头就走，回过身还问首长：你们是哪部分的？我找的，可是打鬼子的队伍……

徐光耀笑起来说：万里，你该好好写写你父亲，多生动的素材啊！我说我写了散文。徐光耀摇摇头说：散文不行，要写就写小说，只有小说才能写深，写透。

父亲十三岁就投奔八路的经历，使我很早就萌生了创作小说的想法，也许就是采访徐光耀之行，坚定了我创作的信心。采访结束前，我给父亲和徐光耀拍摄了合影，父亲很兴奋。

长久以来，我就想写写小八路这个群体。小八路的身上都有股韧劲儿，有种不服输的精神，体现在每个人身上，就是朝气。用首歌曲来形容，就是《革命人永远是年轻》。这种精神也感染了我，或者叫感召了我，使我想做点儿什么。

回到家，妻问我采访得怎么样，我说很顺利。但妻还是不放心，说徐老很谦虚，你问过他新书的情况没有？我说哪部新书？妻当即就说，咱们还是再去一趟吧。妻在外地读了几年书，回到家乡工作后，首先采访的就是徐光耀，写了《慷慨自拔斋》《生命的祝福》，又写了《今夜月光应如水》《幸存者的记忆》，一篇篇追问徐光耀。至今，百度徐光耀词条的名家评论里，还摘取了她的一段评论文字：

> 在思考的过程中，我猛然意识到，我无法与过去、与历史告别，我的祖辈亲人中，有不少人和徐先生有着同样的经历，他们是十三岁的小八路，是深入虎穴的老交通，他们有的被汉奸活埋，有的英勇牺牲……那些过早陨落的青春和生命，让我真切地感知到：一代人与一代人的记忆，是可以衔接的。我的血脉里，正流淌着他们的悲壮与激越；我的心魂里，也回荡着他们的呐喊与欢歌。从某种意义上说，我也是一个幸存者，正因为生长在了这样一片灾难深重的土地，我才有幸

承载了一种苦痛，一种记忆。

我忽然发觉，徐光耀这篇，应该选取妻的《慷慨自拔斋》，以生命的追问来写徐光耀，也许更能体现一个清醒者的内心世界。我和妻又重新做了调整，等于她写徐光耀，我写韩羽，只是遗憾，短时间内，我没法再写徐光耀了，栏目更多的文章还要一篇篇写下去……

《燕赵书屋》栏目陆陆续续地开设了两年，我和妻先后写了铁扬、铁凝、徐光耀、韩羽、黄绮、曹节……就在这时，妻考取了博士，求学读书，两地奔波，生活陡然间忙碌了起来。最初那些年，妻还考虑着要写《徐光耀评传》，目录和大纲都草拟了，却在匆忙中日日蹉跎，未能如愿。

这些年说起徐老，妻总是满怀歉疚，她经常去网上查找徐老的消息，好在得知河北文友撰写的《小兵张嘎之父——徐光耀心灵档案》已于2011年出版，多少也得到了一种慰藉。

妻写《慷慨自拔斋》后，徐光耀的新书《昨夜西风凋碧树》刚好出版，他在书的扉页题赠："借助您的大笔，我的小斋仿佛更增了慷慨之气，谢谢！2001年春天于自拔斋。"朋友们得知此书获第二届"鲁迅文学奖"后，争相借阅，还回来时，书页有些折损，我很心疼，再访徐光耀时说了这项原委，请他再题赠妻一册，徐光耀谦虚地写道："杜霞同志惠正：我的文章像个坯子，您使它们放出了光芒。徐光耀2001年9月28日。"

我想起妻在散文《生命的祝福》里，写到了徐光耀的名片："最普通的那种，但名片的正中，名字和一声祝福是那样的醒目，令人怦然心动：徐光耀——祝您身体健康。"

我们望向家乡的方向，也深深地道一句："徐老，祝您身体健康！"

燕山和尧山

我的内心深处，卧着两座风光旖旎的山脉，燕山和尧山。

燕山，在我的记忆里，"花半山，草半山，白云半山羊半山，挤得鸟儿飞上天。"没错！我引用的是诗人刘章的诗句，诗人刘章有一枚闲章，就是四个字：燕山刘章。

我少年学诗，我的班主任卢锦参老师把我引为文友，常和我说说

体己的文学话。有一次，他兴奋地告诉我，他见到了诗人刘章，是听他讲如何走上创作道路的报告会上。那年石家庄在根治滹沱河，台下坐的都是各单位为参加治河工地劳动选拔出来写广播稿的文学爱好者，主办方真有气魄，第一期就邀请了诗人刘章，下一期是善写故事的飞雁……

那是我第一次听到诗人刘章的名字，听卢老师说，刘章模样很清瘦，当时偶感风寒，讲话声音很弱，还不时地咳嗽，让人心疼……

很快，我就在卢老师鼓励下"携笔从戎"，在黄土高原的一个小县城里认识了"流放达二十三年之久"的诗人公刘，还在北京读了大学，再回到小城时，在报纸上发表了几首小"豆腐块"，终于有了在小会议室里听刘章老师讲话的荣幸。

有一次参加石家庄的文代会，会议期间，刘章老师叫住我，问我是不是省作协会员，得到我否定的回答时，刘老师坦诚地说，省作协需要两名会员引荐才能入会，我算一个，你看还想请谁引荐。我说：那我就请尧山壁老师吧。刘章老师很爽快：我找山壁吧，这事你就别管了……很快，我就接到了河北作家协会暗绿色塑封的会员证。

尧山，位于邢台隆尧，相传为尧的封地，历代受万民景仰。传说孔子周游列国时拜尧山，过泜河湿了书简，遂在山南晾晒。阳光下，玉石五彩斑斓……有一位少年，因迷恋文学，梦想着化身一块陪伴孔子晒书的尧山玉，他为自己取笔名"尧山璧"，后来想想不够谦虚，遂改笔名为"尧山壁"。

我读中学快毕业时，接到了入伍通知书，卢老师忽然告诉我说，昨天隔壁班的赵德俊老师顺嘴说起，他认识诗人尧山壁，我让他给你引荐一下，你到部队后可以给他写信，探亲假回石，可以到《河北文学》编辑部找他。

写这段话时，我又一次被感动了。我的中学老师先后给我介绍了两位诗人。两位诗人，又都成了我的老师，给予我很多的关爱、扶助

第九辑　家园景深

和鼓励。

我记得第一次见诗人尧山壁时，我有些怯怯的，他竟也有些局促，我喊了声："尧老师……"他连忙说："我姓秦……"我于是改口称"秦老师……"他忽然笑了，说："还是叫尧老师吧，大家都这么叫，我也都习惯了。"

习惯了什么，他没说，只是这一来一去，我倒是放松了。坦白说，我与人交流时笨笨的，见了尧老师，才知道这世上还有和我一样的人。

尧老师送我一册他的散文集，读了他的散文《理发的悲喜剧》，我才知道他的原名叫秦桃彬，母亲叫他老桃。中学时，他觉得自己长大了，将名字里的"桃"改作了"陶"。我也才知晓了他的身世，更对他肃然起敬。他的文字那么朴实，却句句打动人心，我的泪水也一次次滚落："我是家里的独根苗。父亲是当地很出名的八路军连长，在我落生十四天时壮烈牺牲了。敌人扬言斩草除根，到处追捕我母子。

父亲的城市

母亲抱着我东躲西藏，流浪四五个县，后来被抗日县政府收留，所以我在襁褓里就跟着过游击生活，1942年环境残酷，寄养到舅舅家里。母亲月子里饱受惊吓，没有奶水，我靠高粱糊糊喂大，又黄又瘦。母亲二十多岁守寡，守着我这一根独苗，生怕有个闪失，对不住父亲。一年到头苦扒苦业，连明彻夜纺花织布，维系我的生命……"

有文章称尧山壁的父亲参加滏西抗日游击队壮烈牺牲，我因为正写抗战题材小说，觉得有必要说明一下：滏西抗日游击队应为"冀南抗日游击队"，这支八路军游击队开创了滏西抗日局面，因而声名大震。1938年7月，这支游击队在邯郸曲周县和肥乡县进行整军后，编入了八路军一二九师，刘伯承任师长，邓小平任政委。

尧老师看过我写的信，还记得我的字写得清秀，便说，你们快放假了吧？我有本诗集要出版，你帮我抄一遍吧。说着，便把早已整理好的诗剪报和一沓稿纸递给我……

第九辑　家园景深

走过心灵荒芜的年代，抄书，对于整整一代人而言，几乎成了学习的最好方法。读中学时我就抄过《普希金诗选》，以至于很多首诗都能背诵；我还替父亲手抄过厚厚的一本摄影教材。平日里去图书馆随身还准备着笔记本，读到好诗便抄下来，抄了足足有两大本。抄诗更是一种享受，字句不多，正好可以细细阅读，静静琢磨。自从手抄了尧老师的诗集，感觉自己的诗作也长进了。我记得，那年是我诗歌创作的一个丰收年，《河北文学》《山西文学》以及《萌芽》《鹿鸣》《星星诗刊》等杂志，陆续都刊发了我的诗作。

很快，尧老师就骑着自行车，从桥西的省文联，赶到桥东的我家来找我。我当时不在家，父母亲让他坐下来一起吃饭，谁知他从随身的书兜里掏出两个馒头说，我带着干粮呢。很多年后，父亲和尧山壁也成了朋友，他当时还不知道眼前的客人是个大诗人，当下心里就多了几分敬意，我问父亲为什么，父亲回答得爽快：那还用说吗？成由节俭败由奢。

幸好那天中午我赶回来了，原来尧老师是赶来通知我，准备请半个月的假，去保定易县清西陵，参加河北省首届青年诗人笔会。主持诗会的是诗人尧山壁和王洪涛，辅导讲座的是《诗刊》社的编辑王燕生和寇宗鄂，参会的诗人还有：姚振函、边国政、伊蕾、何香久、曹增书、姜强国、郁葱……

我的书橱里，收藏着我几乎所有文朋诗友的赠书，早在石家庄时藏书就达四千册，足足装满了七个书橱，到北京后，选书橱就成了安家的首要任务，为此两间屋子都做了书房，其中个人作品集最多的就是刘章和尧山壁两位老师的创作。

刘章老师的诗文后，多半都署着地名，比如"某年某月，某某村"，如耕者山中的行走日记。有一次发表在《石家庄日报》的小文，文末所署地名变成了"三漪苑"，很令人疑惑。我打电话询问朋友，果然得到了印证，急惶惶赶去"三医院"，还好，刘章老师面露笑容，好像和我们猜了一回字谜。我和妻有次看望他，他正伏在案头匆匆写着

什么，我们怕打扰了他的创作，他连忙摆手，打开小本本让我们看，里面详细记载着某月某日某报刊发表的某某作品，那份认真和执着，让我们顿感虚度光阴，岁月蹉跎。

父亲时任摄影家协会的秘书长，因而和作协的刘章也成了朋友。父亲时常拿刘章的创作激励我：你看了今天的《河北日报》没有？刘章的散文发了半个版，《兴隆真兴隆》，名字取得也好……我这些年时有懈怠，每每感觉倦意，不知不觉就会想起刘章老师，为此特羡慕和我年纪相仿的挚友刘向东，有这样一位孜孜以求的父亲，漫漫长路也不觉得累……

我开始整理父亲的老照片时，看到了刘章老师用清秀的字迹工工整整抄写的三首诗稿，六页稿纸，那是他为我父亲的三幅艺术摄影作品写的配诗。父亲很喜欢，小心翼翼地珍藏着，每次他只是复印几份，交给登门约稿的报刊编辑。

　　太行深处，嶂岩佳境，
　　峰成九女秀，玉立婷婷，
　　每天清早，面向东方，

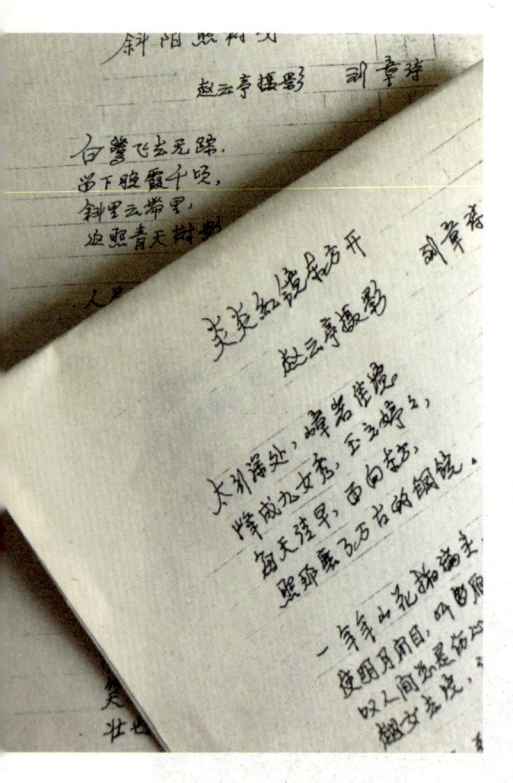

照那磨了万古的铜镜。

一年年山花插满头，
使明月闭目，听雁落长空，
叹人间总是伤心事，
越女去境，汉妾辞官……

　　在我文学创作的道路上，我很庆幸遇到这样的师长，他们不仅给我以文学上的指导，而且借他们的文字，我得以领略到他们的情怀、胸襟和人生的气象……
　　我的内心深处，卧着两座风光旖旎的山脉，燕山和尧山……

第九辑　家园景深

天下赵州

品味赵州，从一杯茶开始……

大凡爱茶之人，都记得当年赵州和尚的一句偈语：吃茶去。

有道是：禅茶一味。饮茶饮到妙处，方能悟得禅意。而千古赵州，正是禅宗重地。今人赵朴初，曾有诗《吟茶诗》云："七碗受至味，一壶得真趣。空持百千偈，不如吃茶去。"

隐思空山，萧然静坐，远避嚣尘，出神入化，正是一种境界。于千年古寺柏林寺之中，听阵阵松涛，不由得让人想起苏东坡的诗句："茶

笋尽禅味，松杉真法音。"

当年的赵州和尚，也就是唐代著名高僧从谂禅师，曾在此修行。那句千古名言"平常心是道"，正是他请教师父南泉普愿，悟得的真传。

毫无造作，不浮不躁，不亢不卑，不贪不嗔，随性适意，以虚静之心面对生活、拥抱自然现实态度，直到今天，依然启悟着人的慧性。

从谂禅师在赵州住了四十多天，弘法传禅，道化太行，僧俗共仰，竟使这一方地名，成为他的别号。赵州柏林禅寺，也因此饮誉四海。

千年悠悠过，天地一杯茶……

这座始建于东汉末年的古寺，曾在净慧法师主持下，宗风重振。传文化香火于天下，首创的"生活禅"，已在佛教界影响广播。2013年4月20日凌晨六时许，净慧大师在湖北省黄梅县四祖寺圆寂，世寿八十一岁，戒腊六十三夏。

柏林禅寺现任住持明海大和尚，2000年于净慧上人座下得预临济宗第四十五代传承，2005年于净慧上人座下再得曹洞宗第四十九代法脉传承，现为河北省佛教协会会长，中国佛教协会副会长。

"寺藏真际千秋塔，门对赵州万里桥。"——从柏林禅寺的这副对联，不难看出赵州的不凡气度和壮丽景观。

悠悠的河水可以作证，这一方水土，曾经孕育了辉煌的文明。

距今一千四百多年前的隋代，这洨河之上，就托起了世界建筑史上的一道奇观。它是跃动的风景，又是宁静的音乐，让天下为之惊叹。

这是我查找资料时发现的也许是迄今为止年代最早的赵州桥照片，拍摄于1901年，是准备送给从西安回京的慈禧看的。1900年，八国联军进犯北京，慈禧太后携光绪皇帝仓皇出逃西安。后令李鸿章等人与列强谈判，最后清廷在丧权辱国的《辛丑条约》上签了字，同意赔款四亿五千万两白银等，八国联军这才答应撤兵。慈禧长舒了一口气。1901年10月6日出陕西，入河南，沿黄河一路向东到开封，然后从安阳进入河北，最后回北京。

第九辑　家园景深

赵州桥是慈禧回京的必经之地，当地官员为了迎接慈禧回宫，不得不对已经破烂不堪的赵州桥进行整修。这张照片就是当时负责打前站的官员请照相馆在銮驾抵达之前拍摄的。从照片上可看到桥南头的关帝庙匾额焕然一新，坍塌的东侧桥帮已经修好，但做工非常粗糙，铺的石头也参差不齐。原来桥东侧的栏杆由于桥帮坍塌，这次重新安装了新的石栏杆，桥的四个小拱也进行了简单修补，也算是给赵州桥做了一次难得的维护。

这座世界上年代最久、保存最好、跨度最大的单孔坦弧敞肩石拱桥，对后世的桥梁建筑产生了极其深远的影响。

或许，正因为赵州桥的巧夺天工，民间才流传着那么多动人的传说……

父亲的城市

> 赵州桥来鲁班修,
> 玉石栏杆圣人留,
> 张果老骑驴桥上走,
> 柴王爷推车轧了一道沟……

距赵州桥不远的清水河上,有一座小石桥,建筑风格、结构形式与大石桥极为相似,这就是永通桥。由于永通桥上的桥栏雕刻十分精细,图案丰富,因而也被传说是鲁班的妹妹所造……

石头也有灵性,在这些凝固的史诗面前,花草树木也不禁为之动容。历史的脚步,最早就是在这莽莽苍苍的大地上,踏起了悠长的回声。

石头也有感情,历经了岁月的风雨沧桑,石头是这方水土最好的见证。

建于北宋年间的陀罗尼经幢,高达十六米多,相当于五层居民楼高,分为七级,每级都由巨石雕刻而成,那栩栩如生的佛教故事,赋予了石头以新的生命。驻足观之,如面对凝固的梦境,沉睡的历史,纷纷苏醒……

雕刻于八百年前的大观碑,碑文是宋徽宗以瘦金体撰写的一道诏书,对于我们研究古代科举制度,有着重要的史料价值。赵州沃土,埋着深深的文化积淀,这里拥抱着太多的国宝,让人强烈地感受到一种千古之美。

赵州,又是闻名遐迩的雪梨之乡。一年一度的梨花节、采摘节,如同欢乐的盛会。阳春三月,梨花遍野,犹如漫天飘雪。总面积达二十五万亩的赵州梨园风景区,春天铺开二十里花海,秋天挂满黄澄澄的金灯,我的父亲也背起相机,去拍摄那醉人的风光。

赵州种植梨树历史悠久,赵州雪梨早在南北朝时就被指定为宫廷贡品,并被魏文帝封为"御梨";1999年,赵州雪梨入选世界博览会,获得了银奖。

第九辑　家园景深

　　赵州桥，走过悠悠的历史；柏林寺，荡起岁月的回声；梨园，展露着年轻的姿容……

　　古韵悠悠话赵州，赵州，千古风流都在画屏中……

父亲的城市

一个家族的记忆

　　素朴的民居，我们生活的地方。千百年来，就这样在一方土地上耸立着，如凝固的史诗，无声地讲述着过往的岁月……

　　也许，你还会记得，早些年中国发行最多、流传最广的一组邮票：中国民居。有北方安详的四合院，有江南翘角飞檐的门楼，一处民居，就是一片生动的民风，泱泱漫漫，富有韵律。然而，山川不同，风俗各异，每一处民居，也都有着一段回味悠长的故事，让人流连……

第九辑　家园景深

走进中国北方规格最高的一处民居——保定顺平腰山王氏庄园,有人说,这里的一砖一瓦,铺展着一层层梦境;有人说,这里的一梁一木,记录着一个时代的阴晴。草木有情,讲述着一个家族兴衰的史话;砖瓦无声,折射着一个王朝远去的背影。

考察民居,自然要漫溯到当地的民风。相传顺平就是上古帝王尧的故乡,有着五千年悠久的历史。这里的山川平原,处处还存留着尧帝的遗迹,以及关于尧帝、尧母的传说……也许,正因了古籍中诸多关于尧帝故里的记载,王氏庄园兴建之初,才选中了这块风水宝地。

庄园的第一代主人王锡衮,原籍辽宁铁岭,清顺治初年,随清兵入关,编入汉军正黄旗。清兵入关当年,清廷下圈地令,将京郊三百里无主荒地分给八旗官兵。王锡衮受封南腰山村定居,跑马圈地,方圆百里,南到定州、博野、蠡县境内,达八个州县。

然而王氏庄园的兴建,却是在王锡衮的晚年。民间流传着种种关于王氏发家的传说。有说他占领南腰山后,曾剿灭了许多响马,起获许多财宝;有说战乱时王锡衮曾掠得巨额财富,因怕朝廷追究,定居

— 283 —

父亲的城市

腰山之初没敢露富,晚年才编出了一个刨荆根得财宝的故事。传说归传说,不过当年的王家祠堂,确实曾供奉着一把荆根,一副镐头和一双大鞋。

确有实据可考的是,晚清时,腰山王家的"和"字商号曾遍布各地,北京有"京和",天津有"津和",保定有"保和",新疆有"新和",内蒙古有"蒙和",腰山王"和"字号兴盛一时,主要经营钱庄、当铺和棉行,兼营粮食、棉布、绸缎、药材等。当年保定最大的当铺"保和当"和最大的钱庄"保和钱庄",都是王家的商号。

可以想见,王氏庄园建成之初,该是何等雍容气派——占地二百二十五亩,五十多套宅院,房间五百多间,四周以五六尺宽、丈二高的砖砌城墙围护,俨然一座民间城堡,肃穆、祥和,而且威严。

似乎为了彰显主人的尊贵,庄园的正门通常不轻易开启。只有逢王家人大婚、大丧、大庆、大典之时方可洞开。庄园的侧门,则成了人们出入的主要通道。这里设有候事房,也就是仆人侍立的地方。遇有访客上门,先要坐在春凳上歇息等候,待仆人进去通报,才会被引入内宅。坐冷板凳的典故,大概由此而来。如今,透过庄园门前的一条冷板凳,仍然可以想象得出当年庄园主人的威仪。

与梦和堂相隔不远的仁和堂,建制更加威严。仅从门前高高的上马石,就能猜测出,这里才是庄园主人王锡衮的寝宫。梦和堂则是王锡衮儿子的住处。而一路之隔的南院,是王家当年的粮仓、店铺、账房、收租院和车马院。

第九辑　家园景深

　　站在仁和院正门，眼前的四进院，九个门全在一条纵轴线上，让人不由得就会想起那句古诗：庭院深深深几许……

　　高大的拱形屋脊，浑圆的朱漆木梁，纺织精巧的隔扇裙板，雕凿着各式图案的抱鼓石，以及刻工精致的垂花门，恍惚间，感觉像走进了某个影视剧中的场景。难怪许多影视剧，纷纷将这里选作拍摄景点。正是这里的一砖一石，一梁一木，托起了远去的岁月烟云，这戏剧化的生活场景，此刻真实地出现在眼前，却让人疑为梦境，一步步仿佛走入了另一个时空……

　　王氏庄园在建筑上最显著的特点之一，便是它精美的雕刻设计，无论石雕、砖雕还是木雕，全都蕴含着吉祥的寓意。据说当年工匠造屋时，一天只能磨一块砖，一个窗花木雕，则要花上几十个工时。

　　这些石雕的图案，尽管各不相同，但都巧妙地借用花木虫鱼来设喻，比如鹤鹿同春、福缘善庆、事事如意、辈辈封侯……值得一提的是，在当时，普通民居忌讳用龙凤、狮虎图案，但王氏庄园则随处可见，仅从这一点，就可看出庄园主人的身份确乎非同寻常。

庄园的核心建筑群——仁和堂，是庄园主人的寝居，因而也更加雍容气派。如果你细心数一下，会发现这里的台阶竟是七级。难怪乎旧时称台阶为官阶，或晋身之阶，落实在居住建筑上也有高下之分哪。

王氏庄园每一处院落，都呈四合院形式，被东西跨院、垂花门、穿堂、厢房、候事房等层层环绕，院院相通，又互不相扰。单是庄园的门，就无一雷同，大门、二门、侧门、车马门、仪门、垂花门、隔扇门，或宽宏豁达，或威严壮观，建筑的每一个细节，都透着匠心独具的艺术气息。

院旁，高高大大的皂角树，在风中窃窃私语着，引起了我的注意。导游告诉我，这里正是庄园的内宅，是妇人眷属们的寝居。那时女眷们浆洗衣物，全靠这皂角。很显然，皂角树缘何种在这里，不问自明。

而庄园主人的寝居，一派寂静里仍隐约可见当年的富丽堂皇，尽

显一个大家族的仪态礼俗。尚勤，尚朴，是古已有之的传统。王氏庄园，自然也秉承了这一方水土的民风。从古老的水车，依稀还能窥见农耕文明的景象。如今，王氏庄园修葺，又有木匠们在这里劳作着，他们也许就是当年修建庄园的工匠们的后代，偶尔还会说起关于修建庄园的一个个传说……

也许，只有在黄昏时分，庄园才会在静谧中苏醒过来，隐隐地可以听到开戏的锣鼓经，酝酿着另一番情致。

顺着这锣鼓音寻去，眼前就是当年庄园里的王家戏楼。据说它始建于清雍正年间，建成后，舞台上经常摆放着锣鼓乐器，王家曾为它取名"乐耘堂"。王家拥有方圆百里的良田，最关心的依然是土地的收成。透过"乐耘堂"的名字，能想见王氏家族即便是在农闲娱乐时，也惦念着收获和耕耘。听着韵味悠长的地方戏，回想着一路走过的景象，此时你不能不慨叹：好一个庄园，果然是一部最为直观的历史教科书，一座阔大幽深的民俗博物馆。

回头看仁和堂对面的照壁，犹如一道屏风，挡住了喧闹，守护着一处宁静，正是怡养生息悠悠然的富贵神仙岁月。这座照壁，全部是磨砖对缝工艺，长达九米，这样大的照壁在中国北方民居中十分罕见。

王氏家族的衰落，是从王氏第六代开始的。其时已是清朝末年，朝廷腐败，外国列强入侵，使民族工商业受到极大冲击。当时王家开

父亲的城市

设的保定最大的当铺"保和当",就是1910年袁世凯怂恿军队洗劫保定时倒闭的。王氏家族和庄园的兴衰,也折射着一个时代和民族的兴衰。

我们摄制组在顺平拍摄了一个星期,转天,就要踏上归程了。

庄园管理处的领导告诉我们,其实王氏庄园还有一处尚未开放的院落,那是王锡衮的三子王佩的居所,日久年深,早已一片破败。

王佩的第九代传人王观明老人,说起当年战乱,感慨万千。王氏一脉就有八人先后投身到抗日烽火中,舍生忘死,保家卫国。他激动地赋诗一首:"王氏不是帝王家,建在此地亦繁华,英雄保国明大义,战死沙场也堪夸。"这就是王氏后人的心声。

岁月远去了,一个古老庄园留给我们的,是无尽的遐想和深深的感怀……

第九辑 家园景深

寻找曲阳石雕

　　山水历史间,古代文化留下的最恒久的一页,莫过于那些碑碣石雕了。历经几千年风雨沧桑,它们静默着,仿佛在追忆着那年代久远的故事。

一

寻找曲阳石雕，我不能不把目光投向远逝的岁月……

曲阳城南，有黄山。县志载：黄山自古出白石，环山诸村多石工。相传神女曾在此下凡，路遇樵夫，喜结连理。玉帝大怒，将神女贬压山下，樵夫思妻，挖山不止。谁知山脚挖出的，却是晶莹的汉白玉大理石，为寄托哀思，樵夫将石头雕成神女模样，精诚所至，栩栩如生。

传说是动人的，但更动人的还是人间的造化神功。

曲阳雕刻，始于汉代。读过《三国演义》的人，都知道有个汉将张良。据曲阳北岳庙碑文载，张良的师傅黄石公，就曾在黄山修行，他召集当地的石匠，广修殿宇，雕刻佛像，使这一方香火得以传延天下。

黄山脚下，有个西羊平村，元朝时这里出了个著名的石雕艺人杨琼。元世祖忽必烈建元大都，曾诏各地石匠进京献艺。杨琼取汉白玉两方，雕刻成一狮一鼎，令忽必烈赞叹连声。史载，元大都崇天门前的周桥，

以及天安门前的金水桥，都是杨琼的设计。

清朝末年，曲阳石雕艺人们曾携作品《仙鹤》《天女散花》《干枝梅》等参加巴拿马国际艺术博览会，并一举夺得世界石雕艺术第二名。

历史，翻开了新的一页。当金水桥畔升起新的太阳时，还是西羊平村的这些石雕艺人们，在叮叮当当的锤钎声中，凿出了共和国最初的形象。人民英雄纪念碑、天安门广场、毛主席纪念堂等重大建筑中，都留下了他们的技艺和匠心。

故事，一代代地流传着。徜徉在民间的风土里，曲阳，一个自古以石雕闻名的地方，清晰地进入了我的视野。

二

寻找曲阳石雕，我走向石雕艺术的发祥地。

在传唱"上至九十九，下至刚会走，羊平搞雕刻，人人有一手"的曲阳县羊平镇，在祖祖辈辈的技艺传承中，石雕艺人们感受着美，摸索着美。早在上个世纪的50年代初，羊平镇的很多石雕艺人们，就参加了人民英雄纪念碑的雕刻。转眼到了60年代末，省会石家庄建设"毛泽东思想胜利万岁"展览馆，羊平镇的很多石雕艺人们又投入了工程建设。

当年，父亲在省展览馆建设

父亲的城市

工地，曾接触过曲阳石雕艺人，看他们制作石膏模具，精益求精，一丝不苟，有如绣女绣花般细致。石雕艺人们为精选石材，甚至不辞辛苦，亲赴平山，指挥开采。

父亲被石雕艺人们这份执着认真的精神所感动，安排好工作后，也一起奔赴平山采石场，拍摄下了石雕艺人们"叮叮当当"雕凿的身影。

新世纪初年，我和妻一起深入曲阳，决定寻找当年石雕艺人的风采。

三

寻找曲阳石雕，从一个铿然有声的名字开始。

在曲阳，卢进桥的名字，几乎成了石雕艺术的一种象征。

这位八岁时就拿起锤钎的农家娃，十三岁时背着雕刻工具，一路为人凿石磨，修碾子，用一年多的时间"游学"于易县清西陵、正定大佛寺、赵县赵州桥、山西云冈石窟、五台山等名山大川和寺庙，琢磨古代遗留下来的石雕、碑刻、泥塑、木雕等雕塑工艺。凭着聪颖的悟性和精益求精的探索精神，卢进桥被授予"民间工艺美术大师"称号，中国石雕界唯一的一位国家级工艺美术大师，并被文化部授予"首批国家级非物质文化遗产项目代表性传承人"。

卢进桥技法娴熟，涉及广泛，不同的材料在他那里都能彰显出自身的品质和特色。牙雕剔透玲珑，木雕古朴大方，玉雕温润灵秀，三雕之优又集中于石雕。在传统的基础上，他不拘一格，大胆创新，不仅将人物造型的比例加以调整，而且在衣饰发型的细微处显示出匠心，克服了石料坚硬刚脆的劣势。那轻罗飘带经他一雕刻，便有了翩然的动感；而那些因袭传统规矩呆板的发型，在他的刀下也有了灵动和变化。他雕刻的《文殊菩萨坐青狮，普贤菩萨坐白象，观音菩萨坐麒麟》和《卧兽观音》，纱罗透体，衣袂翩然，刀法洗练，雕工精细，被国家定为珍品收藏。

铿锵的斧凿声，似乎还在耳边回响，眼前的卢进桥却已是古稀老人了。当年能将一块顽石雕得毫发毕现的一双巧手，如今抡起锤钎已不再驾轻就熟，因为经年的劳作，眼睛花了，腿也有些浮肿。平日里他只能做一些木雕了，但依然很较真，他要让自己的每一件作品，都对得起"卢进桥"这个名字。

在他略显絮叨的叙说中，我们听出了老人对曲阳石雕现状和前景的忧虑，老人家感慨，多少年来做梦都想着能有个良好的雕刻环境，可如今条件越来越好，人心却越来越浮躁，而这门技艺的传承，需要的是对艺术的潜心钻研，是耐得住寂寞的心性啊。

岁月沧桑，老人的步履已经有些蹒跚，被他的手焐热的石头已经不计其数了，但每每摩挲着这些有灵性的物件，他的眼神里还会漾出一抹柔情……

四

寻找曲阳石雕，每一块石头都在讲述着一段神话。

甄彦苍，一个年近不惑才开始学石雕的曲阳人，如今建起了一方石头宫殿，经营着一个古老而年轻的梦。

那是1985年，开放的环境给了曲阳石雕更多的发展空间，外国人纷纷来曲阳订货，甄彦苍抓住了机会。甄彦苍说，当时他还在曲阳雕刻厂工作，几乎每天都能见到高鼻梁蓝眼睛的老外，他忽然萌生了一个想法，何不以西方神话传说人物为题材，创作一件作品呢？经过三个月的潜心创作，曲阳有史以来第一件西洋雕刻作品诞生了。外国人一见手舞足蹈，当即开价"两万八"。要知道，当时石雕佛像的最好价格也只有一两千元！

曲阳的石头震惊了，石雕艺人们震惊了，甄彦苍给曲阳石雕又注入了新的生命力。

创业是艰难的。那一年，甄彦苍和师兄卢进桥进京观摩艺术展，那时节他们手头已经活泛些了，到了吃饭的钟点，师兄说，走，咱下馆子去。不过，等真正坐进豪华的饭店里，两人点的却只是两碗白米饭……多少年了，甄彦苍依然记得"酱油拌饭"的滋味。他说，这是北京留给他的最深刻的印象了。如今的甄彦苍，已经是成功的企业家

了，他的产品远销海外，赢得了丰厚的利润和回报，然而说起曲阳石雕，他却怀着深深的隐忧和无奈：咱中国人好跟风，石雕火了，大家都一窝蜂地办厂子，都盯着经济利益，却很少顾及艺术。不少人眼光短，早早就让孩子辍学干石雕，长久下去，恶性循环，曲阳石雕还怎么提高？

  作为一个有着深切的责任感的曲阳人，作为高等院校的兼职教授，甄彦苍知道，仅仅题材的创新并不能真正代表着曲阳石雕艺术的发展，如何将民间艺术和现代艺术观念相融合，闯出一条新路，一直是他深深思索的问题。他出资让儿子到中央美院进修，他还准备建一所石雕艺术学校……曲阳石雕，在寻找着自己的出路。

五

  寻找曲阳石雕，就是在困境与挑战中寻求出路。
  在曲阳雕刻学校，我们看到了又一代伴着锤钎声长大的曲阳人。

父亲的城市

他们和祖辈父辈们一样，对石头有着特殊的感情，而更为系统正规的艺术教育与实践，又为他们手中的锤钎注入了更深厚的内涵。

我们来到这里时，正赶上一年级的学生在制作他们的第一件作品：唐代仕女头像。看着他们刀下的石头，渐渐显出清晰的轮廓，有了生动的眉目，不由得让人惊叹。

是的，从悠久的传统技艺出发，他们的脚步才能更扎实，更稳健。

眼前的校舍是简陋的，但置身其中，我们却能感受到新鲜的激情与活力。

也许明天，他们中间就会走出又一个民间工艺美术大师卢进桥，走出又一个成功的石雕企业家甄彦苍。而且，我们有理由相信，他们会比祖辈父辈们走得更远。

毕竟，他们有了更为开阔的视野和更富于挑战的胸襟。

寻找曲阳石雕，或许，我们已经找到了答案……

第九辑　家园景深

半个世纪的生活

作家们常说，灵感稍纵即逝，抓住了，往往就能孕育一部优秀的作品。对于摄影家而言，道理也是一样，父亲拍摄的这些老照片，有不少都是灵感突发的产物。

比如：小城的第一辆公交车。

当年父亲进城，看到什么都新鲜，那情形就像刘姥姥进大观园。那时他已经跟随负伤的战地记者学习了摄影，但遗憾的是手头却没有相机。先期转业进城的战友，看他两手空空，索性把心爱的柯达127型相机借给他摆弄。父亲说，最先吸引他的是街上那些建筑，他起初是想拍摄镜头前的这家邮局，正待拍摄时，突然有车跑过，这疾驰而过的公交车，让他蓦然间又有了新的想法……

父亲的城市

　　父亲说，那是1956年，小城仅有一条柏油路，而且仅有一辆公交车，虽说后来又补充了一辆，可为了等公交车，往往要花费很长的时间。但父亲却有这个耐心，他调整好光圈和速度，就站在原地等，等到日头偏西，终于等来了1950年代的大鼻子公交车。

　　上世纪五六十年代，正是父亲拍摄照片的高峰期，就像初学拳脚的人，一天到晚跃跃欲试，这一时期也是父亲翻拍历史照片的高峰期，他从解放区的摄影作品中熟悉了新中国第一代摄影家吴印咸、石少华、高粮、沙飞等。机缘巧合，父亲后来还曾经在报社工作过一段时间，先后采访了石少华、高粮等摄影家，并荣幸地合影留念。能和摄影大师一起合影，父亲想想都会笑起来。

　　这张1960年代的公交车，是父亲翻拍的，只是翻拍时间已记不清了。

　　父亲拍摄的1970年代的公交车，画面灵动而有诗意。那是1970年4月的夜晚，华灯初上，夜雨淅沥，那一晚，公交车正行驶在石家庄的

第九辑 家园景深

父亲的城市

地标建筑——地道桥上，而那一天，也正是地道桥建成通车的日子。拍摄了这张夜景照片之后，父亲转天又来到地道桥，拍摄了四辆公交车穿行地道桥的景观。

印象中，20世纪80年代的公交车底色都是白的，中下部画有红线条，这仿佛成了年代色，我无意中找到的这一时期的照片，都给予了佐证。从这幅照片中地道桥上方的横幅标语，依稀可看出"确保双11开通新客站，向石家庄解放四十周年献礼"字样。

时间到了20世纪90年代，公交车也有了个性，敢于在大庭广众之下做广告了。父亲拍摄到了途经广安水鲜城外的公交车，车身上还画着清晰的广告。城市公交车身广告，就是活泼泼的城市画面，它不仅展示着城市的商业文化，也给城市整体环境添上了亮丽的一笔。

进入新世纪，出现了双层公交车，它一上路，就以卓然不同的面貌吸引了城市的居民，离休后的父亲趁着有闲，还特意坐进公交车的上层，感受了一番城市景观。

父亲的城市

　　父亲说,他坐在公交车上曾经想过,每天得有多少人坐公交车啊,坐在车上打个盹儿,想个事儿,打个手机说个话儿,一个车厢就是一个小社会啊,一年三百六十五天,天天都有公交车,这一日日、一年年地跑下来,那半个世纪的里程,得绕地球多少圈啊!

　　我说,是啊,半个世纪的公交车,承载的,就是咱半个世纪的生活……

朝霞映在滹沱河上

大约十年前，父亲在电话里告诉我说，石家庄的滹沱河要通水通航了。

我很惊喜，放下电话竟有些恍惚，不是在做梦吧？滹沱河经常干涸断流，怎么可能通航呢？我想起小时候，经常和小伙伴们骑着自行车去滹沱河，沿着河滩的沙地漫步，放开嗓门唱几声现代京剧；第一次勇敢地从桥栏杆处跳下河滩，享受到大风呼呼的那种快乐。如今滹

父亲的城市

沱河要通水通航了，怎么想都有种不真实的感觉，好在要通水通航的"要"已经说明了，是"将来进行时"，等着吧，梦中美景想想就想想吧，这件事也就这么放下了……

今年回石家庄，坐了趟慢车，其实坐惯了"高铁"和"特快"，也就是坐了趟"普客"，竟有种乘坐"绿皮火车"的新奇。车过正定，我到车厢结合部站了站，就想静静地看看"父亲的城市"久违的景色。渐渐地，眼前出现了一条大河，映着霞光，波光悠悠的，这里怎么会有河呢？我忽然想起什么，忙问身边的旅客，这是滹沱河吗？哦，这就是滹沱河，哈哈，梦中的滹沱河，竟真的在我眼前荡漾起来……

父亲这些年的活动半径缩小了，肯定没有看到滹沱河蓄水时波光荡漾的景色。回到家我打开网络，着实受惊了，其实早在2010年7月，滹沱河市区段就全线蓄水，干涸了近半个世纪的滹沱河重现"上下天光、一碧万顷"的美景。

我了解到，滹沱河东段滨河绿地景观工程也顺利启动，滹沱河的治理，将使正定新区变成名副其实的"滨河新区"。滹沱河改造工

程将为正定新区提供总面积达近四百公顷的滨河景观带，同时，这一工程还将增加水面八百万平方米，湿地一千五百万平方米，绿地大约六百万平方米。与滹沱河紧邻的正定新区，将直接受益于滹沱河改造所带来的生态环境的改善。

滹沱河流域，自古多水患。翻查《石家庄地区水利志》，多有相关记载。据《晋书》载："春雨至夏，六月大水，八月大雨霖，中山、常山尤甚。滹沱河泛滥冲陷山谷。"《正定县志》载：宋仁宗时，"六月，河北大水，滹沱河决真定曹马口堤，冲南关，坏城西南隅以入，庐舍荡然，居民死者甚众。"宋神宗时，"滹沱河水涨溢，诏郁水监、河北转运司疏治。"皇家便有了"诏引滹沱水淤田"的想法……

当年，石家庄解放没多久，1948 年 1 月 25 日，晋察冀边区第一电站（平山县"沕沕水"水电站）就举行了隆重的开车典礼。朱德总司令亲临大会剪彩并题词："现在为军工服务，将来为农业服务"，称这一工程是"边区创举"。同年 7 月，水电站开始向党中央驻地西柏坡送电，并在中共中央召开七届二中全会期间供电。

1963 年海河特大洪水，穿越京广铁路，泄入平原，冀中冀南，一片汪洋，受灾人口两千两百多万，死亡五千六百多人，伤四万六千七百人，直接经济损失达六十亿元。据铁道部门统计，京广、石太、石德铁路相继冲断，累计中断行车竟超过一年。党中央和毛主席发出了"一定要根治海河"的号召，河北百万民工也投身到根治滹沱河的战役之中，说是战役，丝毫也不夸张。河北民众饱受滹沱肆虐之苦，早就跃跃欲试，摩拳擦掌。

父亲置身于根治滹沱河的战场，镜头记录下了当年根治滹沱河的一场又一场战役……镜头前，那个头扎手巾、颈围护肩垫抡镐奋战的青年，让我猛然想起延安大生产运动中的三五九旅"平山团"。父亲说，这些民工们就是来自石家庄井陉、获鹿、平山、藁城、赞皇、栾城……

1974 年，石家庄又对滹沱河进行了整体治理。《石家庄水利大事记》

载：滹沱河沿岸各县，日上劳力四万多人，改滩造田，打机井，兴建灌溉工程。黄壁庄水库度汛工程开工，岗南水库度汛工程开工，赞皇县南平旺水库开工，元氏县引槐渠开工，滹沱河沿岸一派热火朝天的景象……

滹沱河是石家庄人的母亲河，如今这条大河经过整体治理，波光粼粼，河水悠悠，美得让我都不敢相认了。2019年，中共石家庄市委宣传部发起"我为石家庄唱首歌"歌曲创作展播活动，听说应征作品都六百多首了。我也想写首歌词，沉吟中，不由得就想起那段耳熟能详的现代京剧，而且只需改动几个字，就是一首绝好的滹沱河之歌。

对，也许你已经猜到了：《朝霞映在滹沱河上》。想想吧，经常干涸断流的滹沱河，如今有水了，都能映照出朝霞了，那种美是什么样的语言能描绘出来的？我还想说，为那些根治过滹沱河的建设者们唱首歌吧，清凌凌的滹沱河水，正是由他们的汗水一滴滴融汇而成的……

第十辑　美的历程

我想起小时候父亲为我拍照的情景：我微笑着，看着父亲的镜头。这么多年过来了，我终于发现，父亲的镜头其实是一只万花筒，里面不断地变幻着各种景色，父亲半蹲着，就这么拍啊拍啊，也不知道累……

幸福像花儿一样

经历了人生的风雨沧桑之后，再回望童年，感觉我儿时的每一幅照片都像梦境般温馨与美好，就像父亲为我拍摄制作的这幅照片，那硕大的牡丹花张扬着热情、高贵与优雅，那么淋漓尽致地绽放着，恰如激越又悠扬的生命交响曲。生命真能像鲜花儿一样绽放吗？

幸福像鲜花儿一样，父亲当年为之取名《喜上枝头》，那时我还不满两岁。父亲的这幅摄影作品，确切地说是一种摄影技法，称之为"影画合璧"。父亲拍摄了童年的我，又将童年的我按比例缩放，巧妙地植入一幅绘画作品中，再次拍摄而成。

父亲选取了曙霞的工笔画作品后，很快又发现了王海云的国画作品，父亲又选取了他拍摄的我的童年影像，按比例缩放，植入了绘画作品中。父亲为之取名《花枝俏》。在其后的岁月里，父亲的这两幅作品先后被十

父亲的城市

多家报纸、刊物、画报转载,赢得摄影界同行交口称誉。

我曾在诗集《生命辉煌》里,收录了父亲的摄影作品《喜上枝头》,照片下方是我的几行诗句:

翻开生命的诗篇,
童年是最美的语言。
那一年我两岁,
父亲拍摄下了我生命含苞待放的瞬间。

童年时,依偎在姥姥的怀抱,是最幸福的时光。而这幸福的时光在漫天礼花的绽放中,又和一个崭新的时代融为了一体。幸福像礼花儿一样,父亲当年为之取名《普天同庆》。父亲的摄影镜头准确地抓取了我的姥姥抱着童年的我幸福欢笑的瞬间,放置在国庆夜晚的天安门前,漫天礼花,恣意飘洒,纵情绽放,将举国欢腾的热烈气氛烘托

第十辑　美的历程

得更加喜庆祥和。父亲的这幅作品曾参加过多种影展，被奉为夜景摄影的经典。看到这幅照片，我总会想起著名军旅诗人公刘的诗句：

　　天安门前，焰火像一千只孔雀开屏，
　　空中是朵朵云烟，地上是人海灯山，
　　……
　　羡慕吧，生活多么好，多么令人爱恋，
　　为了享受这一夜，我们战斗了一生！

　　有必要提及的是，时下的网络有很多错讹流传，称影画合璧是一项发明，发明时间为1979年。其实不然，影画合璧这种摄影技法早在上世纪五六十年代就在摄影界广为流传，父亲当年的作品即是例证。

父亲的城市

怀想那些劳动的号子

上个世纪末,我曾目睹了一次震撼人心的劳动场面。那是在一望无际的坝上高原。几乎所有村庄的男女老少都出动了,推车的推车,种树的种树,耙田的耙田,那场面之壮阔,至今想起来仍使我血液上涌。尤其让我记忆深刻的,是那些夯土筑路的劳动号子,带着浓郁的乡音,节奏铿锵分明,那是我听过的最动听的民歌了。

第十辑 美的历程

　　我们穿越张家口的张北、尚义、康保、沽源四县，是为了拍摄一部反映生态农业工程的纪录片。就在我们拍摄过程中，节气到了，该种树了，该耙田了，该铺路了，朴实的村民们推起独轮车，扛起钉耙、薅锄、铁锨，从四面八方出工了。随行的农业调研员说，坝上的村民们都知道，生态农业工程是为村民们造福的工程，所以出的都是义务工。

　　当我把见到的劳动场景告诉父亲时，父亲感慨地说，当年，他走进石家庄这座城市，经常见到热火朝天的劳动场面，并已屡见不鲜。上世纪50年代末，小城组织青年们开展植树活动的照片，就是父亲当年翻拍的。令人惊奇的是，这张照片和底片保存至今，影像依旧那么清晰，竟然丝毫也没有改变。

　　我告诉父亲，我还记得我们在坝上吃的第一顿饭，端上来的是一只搪瓷脸盆里盛的野菜馅包子，看上去颇像一盆土豆，一只只颜色暗黄，

吃到嘴里很有些苦涩的味道，县长却笑言沾了我们的光。原来坝上只有在年节才能吃到白面。县里财政紧张，县长们也有半年没有领到工资了，领到的只是一张张欠款的白条，工资都垫付给民办教师了，家里甚至要靠借钱买粮。那时候出门是风沙，刮得人脚步踉跄；进门是老婆孩子几张嘴，噎得你说不出话来。走进政府大院，总有人拦着你反映问题，附近村子还有个倔强的老太太，年年跑到"衙门口""扰官"，人称"老告状"。县长说得实在，生态农业工程就是在这种情况下搞起来的，不搞没退路了，生活逼迫你必须改变现状。没想到真搞起来，乡亲们用不着动员，家家都上了战场。其实我们来之前就已经听说了，坝上村民利用寒冷的农闲时节打井，有个懂技术的老农因患有风湿骨病老寒腿下不了地，就让年轻后生用小排车推到井架旁现场指挥，那情景简直可以写一部电影《老井》的续集。

父亲说，当年石家庄修建省展览馆，也是这样的情形。从选址，

第十辑 美的历程

到开工，劳动建设如火如荼，小城的居民们都踊跃报名。大家都觉得，能参加省展览馆的建设非常光荣。

正是由于居民的积极参与，在不到五个月的时间里，省展览馆的主体工程就全部竣工，这在当时不能不说是一个奇迹。

父亲的镜头记录了省展览馆从无到有、拔地而起、蒸蒸日上、日新月异的过程，他拍摄的省展览馆建设的每一张照片都是见证。

对于生活在城市的年轻人们来说，是无论如何也想象不出那样壮阔的劳动场面的。我不知道本世纪，人们还能不能领略那种振奋人心的画面。

就在这热火朝天的劳动建设中，省展览馆主体工程竣工了。父亲还记得，那是初冬时节，刚刚下了一层薄雪，父亲选了个角度，拍摄下了省展览馆雄伟壮丽的姿容。作为参加和见证了这座城市建设的一名劳动者，作为省展览馆工程建设副总指挥，那一刻，父亲的心里溢满了说不出的欣喜、自豪与感动……

眨眼二十年过去了，我没有再去过坝上。起初那几年，我还会在夜阑更深时，想起那些节奏铿锵的劳动号子。然而，都市的生活千变

— 317 —

父亲的城市

第十辑 美的历程

万化，渐渐地让我有恍若隔世之感，那劳动号子的节奏和旋律却怎么也想不起来了。莫非那震撼人心的劳动号子，早已随着一个时代的远去，消逝得无声无息了吗？

我怀想那些劳动的号子。我曾在诗作《民歌》中写道：

民歌就是民间朴素的日子，
是头顶毒辣辣的日头，
和日头下黑黝黝的影子，
以及影子打湿的这块土地。

是土地上的泥手和泥脚杆子，
手掌和脚底的硬茧。
那些胼手胝足劳作的姿势，
习惯上被称作民族唱法。

民歌在五月里进入实质，
五月的世界结满果实，
一些闪光的物质被重新认识。
在每年五月的第一天，
泥手和泥脚杆子洗净手足，
手亦舞之，足亦蹈之，
欢庆属于自己的盛典。

而在一年中的其他月份，
民歌起早贪黑，
东北风劲吹，西北风劲吹，
让我的诗眼迎风流泪。

在我俯仰之间，

民歌在地在天。

  劳动号子就是我们这个时代的民歌，我们民众自己的歌。我不由得想起当年县长说的那番话。二十年了，真想再到坝上去走一走，看看生态农业工程，看看那些被劳动号子染绿的沟沟渠渠，坡坡梁梁……

第十辑　美的历程

故乡的雪

想起故乡的雪，就想起李白的经典诗句："燕山雪花大如席。"记得小时候语文课上，卢老师说起幽燕之地的雨雪，颇有几分自豪。是啊，"大雨落幽燕"，它就"白浪滔天"；"燕山雪花"它就"大如席"，其他地方的雨雪，就不能这么形容。

我们家邻近长安公园，童年时每逢下雪天，父亲便招呼全家去拍摄雪景照。

父亲拍摄的这幅雪景（下图），老枝横空，简洁如线条勾勒，细微处却又丝丝缕缕，毫发毕现，完全就是一幅未经着色却诗意盎然的贺岁清供；若题上字，盖上印章，几可乱真。

父亲的城市

父亲说，同一处地方，也能拍出不同的韵味来。比如这两幅作品，上一幅就明快，下一幅就厚重。光圈动一动，效果大不同。

第十辑　美的历程

　　父亲的自编教材《摄影课》，就因为每一篇都这么真材实料，当年竟传出了手抄本。有摄影班的同学说，他家乡一个开影楼的朋友，也想进省城报名学习，就因为生意脱不开身，朝摄影班的这位同学借了父亲的自编教材《摄影课》，认认真真地手抄了一本。

父亲的城市

　　我的很多文朋诗友,在报刊上看到了父亲拍摄的长安公园雪景,尤为惊叹。曾有诗友借司空图《诗品·含蓄》形容:"不著一字,尽得风流。"

第十辑 美的历程

都说熟悉的地方没有风景，父亲不认同这种说法。他几乎每年冬天，都会到长安公园走一走，有时候是大雪纷飞时节，有时候是薄雪，空气中飘散着雪粒子，各有情趣。父亲不是诗人，却能说出那种不同的感受。我想，大概是艺术情感于细微处的体现吧。

我特意选取了父亲的这几幅摄影作品，细心的读者也许会发现，尽管画面各异，前景不同，细看画面主体却都是同一建筑，还是用父亲在摄影教材里的那句话说吧：只要用心去观察，就会发现：无论熟悉的地方，还是陌生的地方，都是风景。

父亲除了拍摄雪天风景外，也拍摄了一些雪景人像。由于我们家几乎每年冬天都来长安公园，父亲相册里的雪景人像少说也有近百张，就选父亲镜头前母亲的一张吧。在父亲的镜头下，无论风景还是人像，

父亲的城市

总能收到意想不到的艺术效果。母亲身后的树挂,细看宛如梨花开放,洋溢着祥和的喜气。而父母的头顶上方,那松针也如雏菊俏丽多姿,庄重中透着一丝顽皮。有同学看到这张照片,问是不是摄于哈尔滨,父亲说,就摄于省城的长安公园。曾有人总结好作品的特征是:"视而不见,听而不闻;不闻则已,闻则动人。"看来,此言不虚。

父亲拍摄的承德避暑山庄雪景,就是初雪。雪落无痕,且无声,但空气似乎被雪浸润,氤氲着清新,令人神清气爽。

父亲拍摄的承德双塔山雪景,宛如一幅明信片,似乎寄语远方的客人:春天就要来临。一千三百多年前,契丹人在双塔峰顶建造的两座古塔,更给景区增添了神秘色彩。

摄影课上,父亲总会拿出他自拍的双塔山前他和母亲的合影,几近相同的取景,强化了季节的特点,两相对比,就能感受到什么叫春温秋肃,冬雪有情。

而石家庄长安公园未名湖畔这座凉亭,也在父亲年复一年的摄影写生中变得端庄美丽起来。记得我的一位文友曾赋文《最是此地春》,

第十辑　美的历程

称赞长安公园年年春，处处春，令人难忘。我想，我应该补充一句：长安公园的春，是从落雪时开始的。

妻当年曾经在一篇散文中写道："我和他走在大街上，落雪后的大街上。雪是薄雪，但因为是入冬后的第一场雪，盼了好久才来的，便觉出了奢侈，连空气都是奢侈的——多干净的空气呀，这是雪的威力，吸一口，便像吸进了一只雪绒兔，有种活泼泼的清冽。心里是欢

父亲的城市

喜的，因了这雪……"

　　我怀念故乡的雪，在北京炎炎的盛夏，想象着大口呼吸着故乡的雪，真的，故乡的雪有一股湿漉漉的春的味道……

　　而且，父亲的摄影镜头可以作证。

美 的 历 程

朋友来家，迎面看到的是一幅国画《锦鲤戏莲花》，我连忙介绍，这不是我画的，是家父早年间的画作。朋友听了则更为惊讶，不禁连连赞叹。

烽火硝烟中走来，经历了战争酷烈的父亲，却难得地保持着一颗敏感而纤细的艺术之心。他尤其擅长工笔，千丝万缕，毫发毕现般的

精致，而我却没有那份耐性，我喜欢的是泼墨，诗兴一发，豪情挥洒，笔墨淋漓，一气呵成。

我在很多篇章中写过，父亲最大的愿望是培养我成为画家，少年时一边读《唐诗三百首》，一边临摹《芥子园画谱》，但我的心却被美妙的诗情勾走了，学着依葫芦画瓢了……

很多年后，回想起这段岁月，我感慨良多，其实学诗学画学什么都不重要，重要的是，那个时候的我，是以童眼在看，以童心在学，清纯透亮，自然天籁，于是乎，学诗是诗，学画是画，就像种豆得豆，种瓜得瓜。

我曾在散文《为生活着色》中写道："父亲自幼喜欢涂鸦，在他离家参军之前，村里的婶子大娘们就常常找他描窗花，绘枕套，画鞋样。父亲走进八路野战医院后，成了一名卫生兵，他照顾伤病员之余，又担负起了墙报宣传任务，负伤的战地记者就是看到他的绘画才能，才萌生了教他摄影的想法……1952年在安国县，父亲手绘的毛主席画像受到首长和战友们交口称誉；1953年在高阳县，时逢斯大林逝世全县军民召开追悼大会，军地首长特意安排我父亲为斯大林画像，并悬挂在主席台上……"

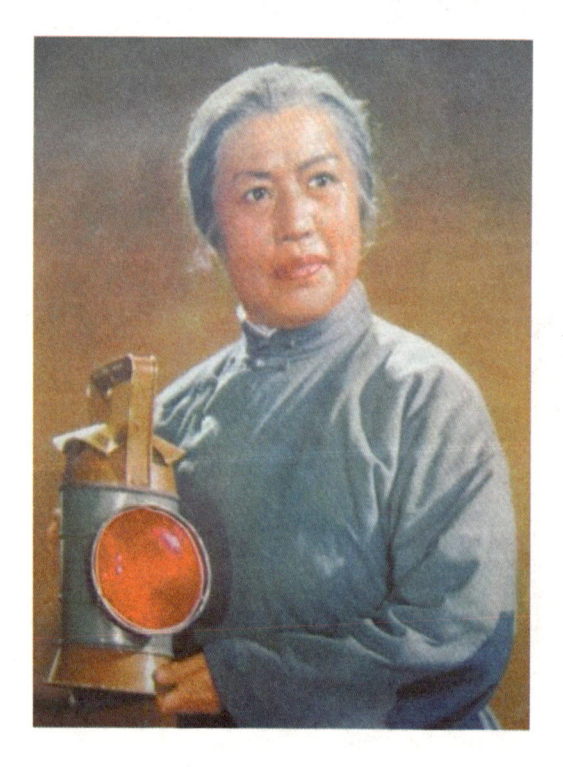

我少年时，听展览馆的叔叔们说，父亲曾画过一幅油画，有一张长方形的茶几那么大，还在省展览馆展出过，父亲说，他画的是大家

都熟悉的现代京剧《红灯记》里的李奶奶，就是手提一盏号志灯的那个舞台形象，想来就是这幅剧照的图景。只是遗憾父亲当时没有拍照留存。

父亲因工作关系，常常要和画家们探讨设计，为了设计得更生动准确，父亲曾和两位画家一起去北戴河体验生活，写生画波浪。父亲记得一位是铁路工人出身、自学成才的画家邱善林，另一位是浙江美院新分配来的毕业生，只可惜名字记不清了。父亲说，他当时随手请海边的游泳者拍摄了一张照片，照片冲洗出来以后，他不禁连连赞叹：这位拍摄者应该和他们仨一样，也是一位画家或摄影家。因为这张照片从取景、构图到层次、影调都非常讲究，而且他还一直在他们身边转悠，看他们画写生，听他们随口聊着设计。

画波浪，多么诗意而浪漫，多么独特而新奇，以至于后来我走到海边，总要静静地站上一会儿，然后仔细地观察大海的波浪。也正是

父亲的城市

百花盛开春满园

因为父亲的缘故，我小时候也得到一些画家叔叔的指导，让我在绘画上颇受教益。

后来，父亲担任了这座城市的工艺美术厂技术厂长，他的艺术细胞得以充分施展，终日和画家们泡在一起，悉心钻研设计，制作出了不少精美的工艺品。这幅题名《百花盛开春满园》的贝雕画，就是采用了贝壳雕刻技术，使画面有了立体感，鲜活灵动，栩栩如生。

父亲常常骄傲地说起省城的一些画家们，他们最初都是石家庄工艺美术厂的美工，雕刻作品细致入微、匠心独运。父亲感慨地说，正因为有了他们的精心设计，工艺美术厂才焕发了光彩，受到了省内外的瞩目。

我家阳台上至今还保存着一张圆桌，那是父亲从事工艺美术工作的一个纪念。圆桌所采用的"木皮贴"技术，就是当年工艺美术厂一

第十辑 美的历程

位木工师傅发明的。这位师傅叫马惠民，当时他巧妙利用了各种木材的颜色深浅不一，拼出了圆桌图案，大家都称奇叫好，这件作品一经流入市场，立刻引起商家的效仿。父亲说，当时也没有什么申请专利的意识，只当是为社会做贡献吧。后来，父亲也参考马惠民师傅的技艺，自行设计图案，自己在家制作了一张圆桌面，这件家具在我家至少使用了有三十年，直到不久前才光荣退休，隐居我家的阳台上。

父亲不满足于学习借鉴，他望着圆桌面琢磨：既然木皮能设计图案，也就能够作画。他买来一包包木皮，拼拼贴贴，切磋琢磨，终于完成了自己的第一幅木皮贴画作品《蝶恋花》。

很快，父亲又制作出了第二幅木皮贴画作品《摇尾戏珠》。父亲说，木皮贴画，又不同于木皮贴图案，仅有木工技艺还不够，还需要有美术功底，所以不易模仿，也不必申请专利。假如用于大批量生产，根本行不通。我问为什么，父亲说，你看金鱼的头

父亲的城市

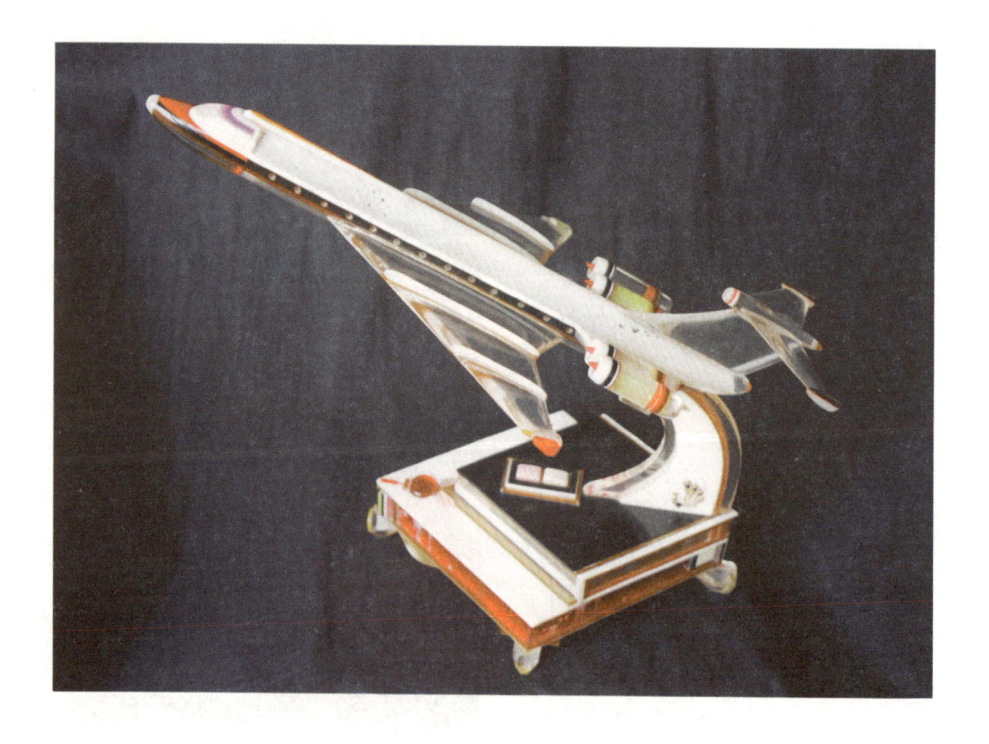

第十辑 美的历程

身、水中的礁石，和金鱼尾巴比较，从颜色到质地都不同。这么说吧，鱼尾是樟子松，鱼身是杂木瘤，不可能批量制作生产。个人如果真喜欢，模仿又何妨？父亲是真心希望世人都像他一样热爱美、琢磨美、创造美。

父亲的城市

父亲离休后,有了更多闲暇,他找出当年在工艺美术厂时拣拾的一些有机玻璃下脚料,鼓鼓捣捣,又完成了一件有机玻璃工艺品《凌云》。

需要说明的是,这件工艺品还是件实用品,机身就是灯管,只要将灯座上的粉红色按钮按一下,就成了一盏台灯,机身上的每一只圆圆的舷窗也会同时亮起灯光。那些年,来我家的每位客人欣赏后都会赞叹不已。这件工艺品曾几次参加过展览会,有参观者甚至等到展览闭幕时,要求父亲开价以便买走,父亲总是笑笑说,爱好本身,就是个乐趣,还是不谈钱吧。

雕塑家罗丹说过:生活中不是缺少美,而是缺少发现美的眼睛。父亲就拥有这样一双善于发现美的眼睛。大概是受父亲的影响吧,在文学创作上,我也喜欢尝试各种体裁,从诗歌到散文、小说、影视剧本,甚至歌词、童谣,我都有所尝试,而在不同文体之间的转换,也让我在文学的花园里越走越深,收获到了不一样的美丽。

父亲对美有着天然的敏感,对于美好的事物,他总是及时地捕捉到,而且抱以极大的热情去亲近它,去体悟它……

美学家李泽厚曾有著作《美的历程》,而在这里,我之所以借用这个名字,就是想为父亲大半生求索美、创造美的历程,作个美好的纪念吧。

父亲的摄影课

父亲的第一堂摄影课，是战地记者给他上的。战地记者指着相机和鬼子血洗村庄的照片说，这就是我的刺刀和手榴弹。父亲被深深地震撼了……

中篇小说《父亲快跑》里，有一个章节，我写到了父亲学摄影的经历。小说中的人物叫园子。园子的园，是家园的园，其实那是父亲的小名，从家园走到大平原，那是一个人渐渐辽阔起来的胸怀，所以我给园子取的大号，叫赵平原。

从家园到大平原，父亲的眼界一天天开阔，内心一天天丰富。负伤的战地记者点燃了父亲，父亲再用艺术之火，去点燃更多的人。父亲将他大半生的光阴，都给

予了摄影教学。

　　这些年，省内的职业中学、中专、大学都曾请父亲去开设摄影课，中国摄影家协会主办的中国摄影函授学院，曾连续邀请父亲担任主讲教师。父亲的摄影课，依托的是他多年的实战经验。他还自编教材，自己打印装订成册，书名就叫《摄影课》，书中都是他多年来在摄影报刊上发表的专业文章，例如《浅谈新闻摄影的五大要素》《夜景摄影怎样正确曝光》《如何拍好雪景》等等。这些讲义，慢慢地积累了几大厚本。

　　父亲和中国第一代摄影家石少华、高粮等前辈都有过交往。父亲曾给我讲过高粮的故事，听来让人感慨不已。高粮原名不叫高粮，高粮当年所在部队的连长是辽宁人，一唱《松花江上》就掉泪，他的家乡满山遍野的大豆，因而得了个"大豆"的外号。有一次阻击敌人，"大豆"连长一马当先，带领四十多名战士一夜击退了敌人三十多次冲锋，

第十辑　美的历程

父亲的城市

最后全部壮烈牺牲。当时身为指导员的高粮悲愤地说:"大豆"走了,还有高粮在。他给团党委打报告,把原来的名字改成了"高粮",以缅怀生死之交的战友。

父亲至今珍藏着高粮的战地摄影作品《1947年,解放石家庄》,由于保存得当,这是我迄今为止在所有报刊和画册中看到的最为清晰的一张解放石家庄战役的影像。

翻看老一辈摄影家的摄影作品集,就如同看烽火岁月的回忆录。

父亲说,每次看这张石少华拍摄的《白洋淀上的雁翎队——冀中水上游击队》的照片,父亲都会情不自禁泪湿眼眶:当年部队被鬼子围困在大淀深处的水上村子王家寨,伤员们手烂得拿不起筷子,裆烂得叉着腿走路,就这样,战友们还风趣地说:这才叫八路军哪!父亲成天就想着一件事,什么时候能带领伤员们冲出去……

父亲曾经和石少华、高粮等新中国第一代摄影家都留下过珍贵的合影。和高粮的合影,因为当时的拍照者无意中的手抖动,导致影像完全模糊,父亲为此心痛不已。石少华曾拍摄过一幅著名的作品《毛主席和小八路》,父亲和石

第十辑　美的历程

少华的合影，就和石少华的这幅作品一起，一直摆放在案头。

除了摄影，父亲的另一大爱好是京剧。父亲唱梅派青衣，家中至今还珍藏着他当年的定妆照。台上的父亲扮相秀美，台下的父亲英俊威武。我曾在文章中感叹：我的英俊的父亲，让我的青春都平添嫉妒。

父亲当年的一幅获奖作品《知音》，就是他背着摄影包去长安公园唱戏时的一

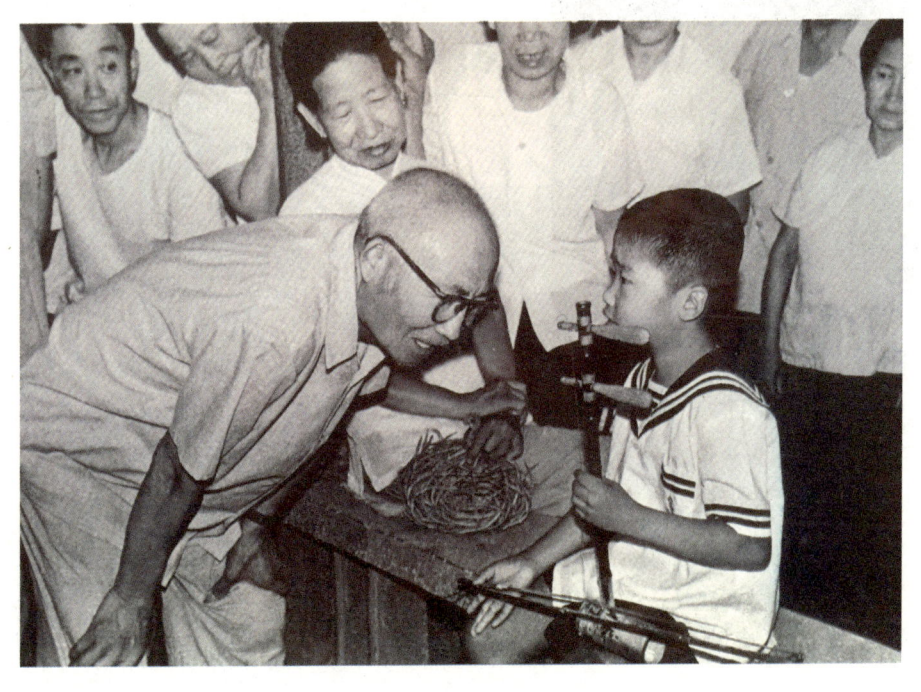

父亲的城市

次偶遇。看来如哲人所言:"机遇偏爱有准备的头脑。"

父亲说,记得讲人像摄影时,他介绍过许多成功的因素,包括人物的神情、姿态、构图、照明、曝光、制作等,一句话,要传神。传神了才会生动。父亲当年到正定荣国府采访《红楼梦》剧组,拍摄到红楼系列人物,一颦一笑都生动传神,这得益于镜头的准确细致的捕捉。

父亲记得一次课堂上,有学生提问:演员会表演,可以表现某种特定的情绪,一般人物就很难做到了,拍摄时又该注意些什么呢?父亲顺手找出一幅作品举例说,这是他当年拍摄的一幅邮递员照片,本来想拍摄邮递员给一幢单元楼的信报箱里插入报纸的照片,但父亲想了想放弃了,那样狭窄的楼道口环境必然限定邮递员情绪的表达,也就是说邮递员只能拍摄侧脸,而眼睛才是人物心灵的窗户。父亲决定还是拍摄人物的正面,邮递员当年已经换了装备,不再是车铃声声的绿色单车了,而是轻捷便利的小型摩托车,拍摄地点就选在了影楼的摄影棚,背景敞亮,更能突出人物喜悦的神态,光影也更容易调控把握。这幅作品拍摄完成后,不仅被报刊编辑约稿选中,作为年度新闻摄影作品发表,还入

第十辑 美的历程

选了出版社当年出版的艺术摄影挂历。那年春节，记得我们兄妹到邻居家拜年，寒暄中发现好几户邻居家的客厅墙上，都赫然挂着父亲拍摄的这套挂历……

父亲镜头里的风景，也有着独特的韵味，许多诗人都曾为父亲的艺术摄影作品配诗。父亲几次去黄山，他拍摄的作品已不能用简单的"诗情画意"四字概括，这幅取名《松鹤延年》的摄影作品，省会书法家看了当即取砚，即兴挥毫；朋友听说他有底片，纷纷要求他放大后作为中堂画，悬挂在书房留念。

这幅《桥楼飞虹》，是父亲拍摄于上世纪80年代初的苍岩山。作品选取的角度尤为独特，崖壁在阳光的辉映下呈现出一片曙红色，那是典型的丹霞地貌特征。崖壁上的柏枝苍翠蓊郁，而桥楼殿横跨山崖之间，如彩虹之桥联结起无声的呼唤。

父亲还记得我写过鹿泉的来历，特意给我找出他拍摄的照片，说这就是鹿泉的威远门。我查过古籍，隋朝时这里称鹿泉，唐安史之乱时，

父亲的城市

第十辑 美的历程

"唐肃宗恶安禄山，凡郡县之名有安字者多易之"，遂改常山郡之鹿泉县为获鹿，意为捕获安禄山。前朝往事，漫漫风烟，让人慨叹。如今，获鹿县已更名为鹿泉区，但每每念及老地名，仍能感受到燕赵之地的慷慨大气。

父亲的城市

　　这幅获奖作品《金色的滦河》，是父亲出差途中拍摄到的。为了拍摄这幅照片，父亲特意滞留了几天，住进了附近的小旅社，每天沿着河边散步，寻找合适的角度，等待日出时刻。只有用心去捕捉美，美才能在镜头前绽放。

　　就像这幅日落时分的圆明园，父亲拍摄了一次又一次，总感觉不够理想；他把几组照片中的残垣断壁重新挪了个位置，再组合在一起，圆明园好像复原了，那些石柱群仿佛发出了低沉的吼声……这幅照片在刊物发表后，反响强烈。有朋友甚至专程去了圆明园，回来后告诉父亲，他懂得了父亲拍摄这张照片的意义……

　　照片中的物体或人物挪挪位置，说来简单，却是一种摄影技艺。比如这两幅照片，曾让许多摄影课上的同学和摄影爱好者们惊叹不已。前一刻，父亲还置身在广东潮州湘子桥畔，下一刻已坐在山西太原晋祠附近的小山坡上，就像如今荧屏上的穿越剧，恍然如梦，似真似幻。

第十辑　美的历程

父亲的城市

说到摄影技艺，就不能不说到父亲拍摄的月亮主题的照片。一轮明月，引古往今来多少诗人吟咏赞叹，然而表现在摄影艺术上，却是此时无声胜有声。这幅《海上生明月》，意境隽永，回味悠长。父亲还特意向我解释说：是海上生明月，不是升明月；明月就像从海面上生长出来的一样。

如果说，《海上生明月》苍茫辽阔，意境深远，那么，父亲创作的这幅《月圆曲》就是微观小品，镜头简洁，细节生动，令人浮想联翩。

父亲的摄影作品《共和国大厦》，堪称经典之作。父亲特意拍摄制作了两幅，一幅黑白，一幅彩色；一幅深沉厚重，一幅情感热烈。父亲热爱了一辈子摄影，能创作出这样一幅作品就足够了。这幅作品，是作为摄影家的父亲的骄傲。

第十辑　美的历程

父亲的城市

第十辑　美的历程

　　这些年，报刊上不断地有介绍父亲摄影艺术的文章出现，经常有企业自愿出资为父亲开办影展，父亲的很多摄影作品引起了社会各界的关注，赢得了越来越多人的喜爱。

　　我想起小时候父亲为我拍照的情景，我微笑着，看着父亲的镜头。这么多年过来了，我终于发现，父亲的镜头其实是一只万花筒，里面不断地变幻着各种景色，父亲半蹲着，就这么拍啊拍啊，也不知道累……

　　我就这么静静地微笑着，看着父亲的镜头……

后　记

那天午后，当我整理好《父亲的摄影课》这篇文章，准备发到微信公众号的时候，擦擦额头的汗珠儿，才陡然意识到，时间过得真快，已经是夏季里最热的一天——大暑了。

窗外的蝉鸣，这时也才陡然间清晰起来。这一个夏天里，我挥汗如雨，在属于父亲和我们共同的记忆里反复搜寻……

为父亲整理历史照片，这个想法由来已久。其实早在两年前我就开始了创作，但无奈诸事纷扰，梳理文稿的工作常常被打断。这里要特别感谢我的妻子，是她不断的督促和鼓励，还有针对每篇文稿的建议，使我静下心来，终于在这个夏天一气呵成地完成了书稿。

中国人在情感的表达上向来含蓄，父子间的交流也概莫能外，平日里和父亲通电话，除了例行的对饮食起居的询问和关照外，似乎很难深入。但在这个夏天，我和父亲的交流几乎天天进行时，我们常常为照片的细节沟通，电话里一说就是半个小时。九十高龄的父亲记忆力惊人，他几十年间拍摄的历史照片尽管数量可观，但无论说到哪一张照片都了如指掌，滔滔不绝。这也难怪，父亲八十多岁时还在省城办过几次影展，那些照片布展时经过他一遍遍梳理，已是如数家珍了。

梳理父亲拍摄的那些珍贵照片，也是梳理开国之城石家庄走来的历史足迹，梳理共和国的岁月历程，梳理我们曾经走过的昨天。写到

后　记

激动处，我常常分不清汗水和泪水，我感受着父亲镜头下的过往，也感受着自己彼时彼地的心境。父亲拍摄的这些历史照片我太熟悉了，漫长的年月里，他只要收获到满意的作品，都会和我们一一分享，每张照片背后的故事，我们都耳熟能详。

这本书中收录的照片仅仅是父亲摄影作品的一部分，未来如果可能，我很想再陆续挖掘出来奉献给读者。父亲是个较真的人，他对每一幅摄影作品都精益求精，苛求完美，我尽可能在每篇文章中予以说明；但有时为了文章的完整，也只能是节省笔墨了。

本书中收录的历史照片，还有一些是父亲翻拍的。半个世纪前，摄影技术远不发达，翻拍和摄影一样，同样面临着正确曝光等技术问题。有时候翻拍一张历史照片，也要反复进行多次，从拍摄、洗印出来，到选样、放大，稍有不慎，就前功尽弃，最终，才能选择一幅满意的作品留存下来，如《烽烟中走来的女代表》中的照片。所以父亲在摄影课上常说，翻拍照片的过程，也是很好的学习过程。

本书中的照片，还有个别的属于资料照片。以往的岁月里，我做过电视编导，拍摄过爱国主义教育示范基地河北部分的宣教片，也曾赴省内一百多个市县采访拍摄过纪录片和艺术片，受访单位也会提供一些历史资料照片，如《穿过暗夜的钟声》中的审判战犯铃木启久的照片等，在此一并说明。

父亲对摄影的痴迷热爱，也潜移默化地影响了母亲，耳濡目染，母亲也成了半个摄影家。书中凡是父亲出镜的生活照，都是母亲默默拍摄的，其中包括父亲半蹲着身子为我拍照的那张，还有《生死战友》里父亲和首长、战友们的合影等。写到这里，忽然想起，当年父亲的好多胶卷，也都是由母亲送到图片社进行彩扩洗印的。

本书的所有篇章，最初都是经微信公众号《父亲的城市》发布传播的，感谢故友新朋，让我收获到了这么多的真情与感动：

李辉Monica：最喜欢这样的文章，亲切自然、朴实无华。人物形象特别生动，不管是二舅姥爷，还是破碗舅！

旺：赵老师的文字，看着平淡，实则讲究，感觉舒服。

Sophie："念书，就得有心气！"灰暗的念书日子里突然看到这句话，像给了我当头棒喝一样。尽管书途曲折前途未知，我得继续提起心气，攻坚克难，奋力去完成尚未完成的学业。感谢赵老师和赵老师的姥姥！

西山草民：沉绿湖畔，青年英雄王德恒勇救落水儿童的事早有耳闻，今天读后还是很感动，被英雄事迹感动，被父亲为黑白照片着色的行为感动。

Sophie：作家赵万里先生，文如其人，细腻而饱含深情，坚定而执着，在自己纯净的世界里述说自己的故事，在纷杂的世界里讲着自己丰富的内心，让人感动不已。

西山草民：第一次知道赵老师的两位老师——刘章老师和尧山壁老师，他们在河北文学界都是响当当的人物。还有中学时的班主任卢老师，对赵老师的文字创作影响很深。花开有因。

刘定邦：文章图文并茂，相得益彰。"万里"之间的巧合，让我们重温了国际友人白求恩的事迹。谢谢老师的好文章。

高金莲：姥姥伟大而又平凡，她是那个年代一代人的缩影，也是真实的写照。顽强拼搏的姥姥就是一列火车，把自己的一生全部都奉献给了需要她的地方，伟大！感人！

qiqi：父亲用公交车照片记录了半个世纪城市的变迁，虽然只有几幅画面，带给人们的却是几十年生活的回忆。想起当年花五分钱坐大辫子无轨电车，到了转盘道售票员还要跳下去拽着大辫子跳线，前后车厢用厚帆布像风琴一样连接着，如今想想像过电影一样历历在目，要是多一些像父亲这样用

后　记

摄影记录的人，会给人们留住更多的美好和回忆。

梁国珍：我是1974年来石家庄的，那时候觉得石家庄真和村庄没什么区别，很土，城市很小，还没走多远就是庄稼地了，唯独到了省展览馆眼前一亮，站在广场上，望着省展览馆有点儿到了北京的感觉，石家庄还有这么一座高大气派的建筑。看了这篇文章，才知道有那么多故事。更加赞叹那些建设者们！

大爱无疆：感触最深的是那幅《松鹤延年》。真不敢相信那是摄影作品，直观的感觉那是一幅画。最令人惊奇的是天空翱翔的鹤，配以黄山迎客松和一座座峻峭山峰，位置及角度，是那样的恰到好处！摄影家是怎么巧夺天工地捕捉到这一瞬间的？

冯强华：最触及你心灵深处的东西，你写出的文章最精彩，也最感人，如《父亲快跑》《父亲的摄影课》。

顾成文：赵老师的回忆文章都是活化了的历史。

我想，所有这些，不仅仅是对文字与摄影的喜爱，还有朋友们对世事沧桑的感怀，对共同记忆的留恋……

在这里，还要特别感谢花山文艺出版社，我的第一部诗集、第一部散文集、第一部长篇小说，都是在这里出版的。再次感谢花山文艺出版社编辑们的热情肯定和辛勤工作，让这本书得以在"父亲的城市"里出版。

写作这篇后记时，已是立秋。刚刚下了一场雨，碧空如洗，远山如黛，古都迎来了她最好的季节。而此时，父亲，和父亲所代表的那座故乡城市，那些过往的岁月，却又一次在记忆里鲜活生动起来……

2019年8月8日于北京